歴史小説

# 信長と永徳

髙橋 我林

歴史春秋社

# 目次

歴史小説

# 信長と永徳

# 一、謀叛

迫る。

二頭の獅子が迫ってくる。

一頭は鋭い牙を剥いて
一頭は口を喰いしばっている。

しかも、二頭は白眼の獅子だ。

迫る。

さらに迫る。

墨蹟《ぼくせき》が鮮やかな文字が浮かぶ。

「伝神写照《でんしんしゃしょう》正在阿堵中《しょうざいあとちゅう》」

「神を伝え照を写すはまさに阿堵にあり」

「阿堵」

眼だ。

そうだ瞳だ。

獅子の瞳だ。

微かに声が聴こえる。

「旦那さま……旦那さま」

絵師の狩野右京介州信《かのううきょうのすけくにのぶ》（永徳《えいとく》）が異変の知らせを聞いたのは夜明け前だった。

一昨日から降り続いた五月雨が止み、風がまったく無い盆地特有の暑さで蒸すような寝苦しい夜であった。

間違いなく季節はすでに梅雨に入っているようだった。

永徳は三月ほど前に備中高松に布陣している羽柴秀吉から依頼された唐獅子陣屋屏風をほぼ描き終え、久しぶりに妻のお佑と夜具に入り、こころよい疲れで寝入っていた。

お佑が囁いているが緊張を含んだ声をかけた。

「旦那さま……源四郎さま」

永徳はうつろに眼を覚まし汗ばんだ体を起こした。

「い、いかがした」

「空が赫《あ》こうございます」

「なに、空が?」

永徳は半身を起こし、開け放ってある障子戸越しに空を見やると確かに空が無気味な赫《あか》に染まっていた。

朝焼けにしては他の空が暗すぎる。

これは火事だ、それも大火だ、と直感した永徳は上掛けをはねのけた。

紙物を扱う絵師の家にとって最も怖いことは火事であり、何よりも大切な作品をいち早く避難させせなければならなかった。

それでもこういう場合の手筈は、佑はもとより狩野家一門、門弟たちとは常に打ち合わせてあった。

永徳は妻を動揺させせまいと落ち着いた声で言った。

「火事だ。下京の辺りやのう」

「はい、火はきませんやろか」

「分からん。風向き次第やな」

「そうどすなあ」

佑は不安そうに応えた。

「皆を起こし、急ぎ避難の備えをいたせ」

「はい」

佑はすばやい動作で羽織をはおり、仕事場に出ていった。

佑の去ってゆく足音と代わるかのように、廊下を渡る音がして弟子の嘉平次の緊迫した声がした。

「惣領さま。惣領さま」

「起きておる。どうした」

「堀川四条の本能寺で戦があったようでございます」

「本能寺……戦……となー」

永徳はふたつの言葉がとっさに頭の中で結びつかなかった。

嘉平次が続けて言った。

「はい。ただいま本能寺のお坊さまの使いが知らせてまいりました」

永徳は布団を蹴り縁側に出て赫い空を呆然と見つめた。

燃えているのは本能寺だと確信したとき、永徳の頭に鼻梁が高く鋭い切れ長の眼をした端正な男の顔が浮かんだ。

「本能寺には前右府《さきのうふ》（信長）さまがおられる。何が起きた」

「お坊さまの話によると、桔梗の旗印の軍が攻めて来たとのことでございます」

「桔梗とな……おお、明智さまだ」

永徳は額の広い沈鬱な光秀の顔を思い浮かべた。

戦と聞けば驚きではあったが、永徳にはなぜか意外だとは思えなかった。しばし永徳は佇んだが、ようやくすべての言葉が結びつき事態を把握した。

……とうとう明智さまは、明智光秀はやってしまったのだ……

これは謀反だ……

永徳は深いため息を吐くと共に只ならぬ事態が起きたことを感じ、襲ってくる身体の震えを押さえるかのように口をきつく結んだ。

そして、自分を落ち着けさせようと自らに言い聞かせるように言った。

「もしやすると、信長さまが現れるやもしれぬ」

「は？」

「前右府さまがこの家に現れるやもしれぬ、と言うたのや」

「織田さまがこの家にでございますか」

従二位右大臣を辞して無冠となっていた信長はこのころ前右府さまと呼ばれていた。

永徳は初めて現《うつつ》に還って弟子に命令した。

「嘉平次、とりあえず皆とはからって手順通り絵の避難の用意をいたせ」

「は、かしこまりました」

嘉平次は急ぎ足で廊下を去って行った。

永徳は赫く染まった空をみやりながら一昨夜のいつになく寛いでいる信長を思い出した。

安土城から京の本能寺に入った信長に招かれた永徳は茶頭《さどう》の田中宗易（千利休）と共に夕膳を馳走になっていた。

信長は普段、酒をほとんど口にしない。だが、この宵は珍しく若い側室の鍋方《なべのかた》に酌をさせていた。

鯛と京蕪《きょうかぶらかぶ》のとろりとした葛かけ煮を口にしながら信長は言った。

「薄味の京の味付けにもようやく慣れてきたわ」

宗易が軽くうなずき、ふくみ笑いをしながら応じた。

「それはようございました」

「尾張の濃い味噌味に慣れていたので、初めは味がないと思い、料理人を怒ったり代えたりしたがのう」

「まことにそうでございました」

「いま考えてみればあの料理人には気の毒なことをした。これが京の味というものじゃからのう」

「人の味覚というものは不思議なものでございます」

「だがな、この味付けが曲者なのじゃ、いつの間にか人を蕩かしてしまうのじゃ」

信長は暗に人を狂わす魅惑的な京という都の怖ろしさの意味を込めていた。

源平合戦のころの源義仲、義経、太平記の新田義貞など京の魔力に呑みこまれた武将たちのことを暗喩《あんゆ》したのだ。

「そのてん、鎌倉の北条政子は偉い。朝廷の権威を上手く使い、それでいて武士が取り込まれることを怖れた」

学問の師の臨済宗僧沢彦宗恩《たくげんそうおん》に歴史を学んだためか、信長はよく歴史を知っていた。

宗易はやや同情を込めた口調で言った。

「明日はお公家はんたちの挨拶をおうけになるとか。まことにご苦労なことでございます」

信長は吐き捨てるように言った。

「ふん。茶器など見せて適当にあしらうだけじゃ」

宗易が軽く頭を下げて続けた。

「用意は万端整えてございます」

「九十九髪茄子《つくもかみなす》は見たか？」

信長は茶器として名高い茶入のことを聞いた。

「はい、見事なものでございます。眼福でございました」

もともとは足利義満が明から輸入した茶器であり、以後、さまざまな人の手にわたり、信長に一旦は臣従しながら裏切った松永久秀が所有していた名器だ。

「見てみたいか、永徳」

「はい、それはもう……それと上様、お願いがございます」

「なんなりと申せ」

「唐渡りの耀変天目《ようへんてんもく》茶碗を一度見せていただけませぬでしょうか」

「耀変天目か、よいであろう」

信長は眼で宗易に持ってくるように合図した。

「かしこまりました」

宗易は目礼して茶器を取りに部屋を出て行った。

「さっそく、お聞きとどけいただき有難うございます」

「永徳、耀変天目はな、まさしく天下に号令するものだけが持つべき一物だ。眼に焼き付けておけ」

「は、ありがたきしあわせ」

間もなく宗易が包みをおし抱いて戻った。後ろに弟子の山上宗二が宗易のよりも小さい包みを大切そうにおし抱いて入ってきた。着座した宗易は包をそっと畳上に置き、信長を見て開ける許可を伺った。

「よろしうございますか」

「うむ」

おもむろに信長は頷いた。

宗易と宗二はゆっくりと布を解き、箱を開け、世にも名高い茶器を取りだし、紫の袱紗の上にそっと置いた。

「耀変天目茶碗と九十九髪茄子でございます」

永徳は一礼し、膝をにじりよせて二つの茶器の名品にしばし目を凝らした。

そして呟くように言った。

「なんという輝きでございましょう」

宗易がうなずいた。

「人知を超えた輝きでございますな」

信長が続けた。

「これが唐の国の力じゃ。残念だが、我が国ではまだこれだけの焼物を作る術はない」

永徳は天目茶碗を食い入るように見つめた。

「これは人が計算して作ったとはおもわれません」

信長が断定するかのように言った。

「そうだ。人の企みでは出来ぬ。だがしょせん人の作ったものだ。いつかは作れる」

「我が国は南蛮から伝わった種子島(鉄砲)でさえ今では堺や近江でぎょうさん作うております」

「その通りじゃ。人が作った物であれば必ず作れる。しかし魂は作れん」

「お公家はんに分かりますやろか」

「公卿など茶のことなど何も解っておらんが、今まで自分らが胡坐をかいてきた権威というものはこういうことを言うのだと示してやらなければならん」

「上様の心が分かりますやろか」

宗易はゆっくりととぼけるように言った。

「ふん、どうかな」

信長は細い口髭をなでながら言った。

わずかな沈黙が流れ、宗易が口をひらいた。

「上様が安土に城をお造りになりはったのもそういうことでございますな」

「それが分かるとは流石じゃの宗易。あやつらにはどちらも解らんだろうがの」

「まことに」

信長は口をやや歪ませながら呟いた。

「まあ、いずれあの者たちも安土に移り住むことになろう」

意味深い信長の言葉を聞いて宗易と永徳はそれとなく眼を見合わせた。

信長は脇に付き添っていた鍋方に杯を差し出した。

側室をともなっていることがこのたびの入洛が軍事行動ではないことを表していた。鍋方は酒を注ぎながら言った。

「上様。珍しく酒がおすすみになりますね」

「今宵は愉快じゃ。よいではないか。お鍋」

鍋方は信長の四番目の側室でまだ二十歳そこそこで愛らしく、ものおじしない言いぐさ、しぐさを信長は気に入っていた。

鍋方はややおどけるように言った。

「はい。今宵はそれぞれの道の当代随一の名人が顔を揃えたのですからね」

「ほう、お鍋は分かっておるのか？」

「はい」

鍋方は自慢気に応える。

宗易と永徳は苦笑しながら頭を下げた。

「おそれいります」

信長はおどけたように心配な顔をつくりお鍋に聞いた。

「わしも名人に入っているのか？」

「いいえ。入っておりませぬ」

鍋方は顔をそむけそっけなく答えた。

ハラハラするような鍋方の返事に永徳と宗易はやや緊張した。

信長は気に障るちょっとした言葉使いで怒りだすことがあった。

信長はがっかりしたような口調で聞いた。

「なんだ。わしは入っておらぬのか」

永徳と宗易の心配を知っているのか知らずか、鍋方は可愛らしい顔を毅然とさせて言った。

「上様はあまたの名人を使いこなす天下人でございます。もし……、名人というなれば……」

「というなれば？」

信長が猿楽の口調をまねて鸚鵡《おうむ》返しに聞く。

鍋方はやや首を傾《かし》げてから何かを思いついた表情で言った。

「上様はお国造りの名人ということでございましょう」

信長はかん高い声で笑った。

「わは、は、は、なるほど。わしはお国造りの名人であるか」

「はぁい」

鍋方の機知で、一瞬走った場の緊張がほぐれた。

信長は意外に機知や冗談が好きなのだ。

当意即妙に人にあだ名を付けるのも抜群に上手かった。

「ところで永徳、禿《はげ》ねずみに頼まれた屏風はできたのか?」

いつの頃からか信長は猿と呼んでいた羽柴秀吉のあだ名を今では禿ねずみと変えていた。

永徳は盃を置いて即座に答えた。

「は、あらかたできあがりました」

「何を描いたのだ」

「は、唐獅子図でございます」

「ほう、いつ見れる」

永徳は軽い礼をして答えた。

「いま少し手を加え仕上がりましたら、いつでもご覧にいただけます」

信長はごく当然のような言い方をした。

「お主のことだから、これまでの唐獅子図とは違うのであろうな」

永徳もまた当然のように答えた。

「このたびは獅子を二頭、描きました」

「二頭？ほう……」

永徳は奈良仏師の運慶と快慶が作った東大寺南大門の仁王像のような動作をした。

「阿吽《あうん》でございます」

「なるほど、仁天王であるか」

納得した時の信長独特の言い方だった。

「おおせの通りでございます」

「禿ねずみめ、屏風で毛利輝元に暗示をかけるつもりじゃな、あやつらしいわい。あっははは」

信長は秀吉が戦をせずに阿吽の呼吸で、織田と同盟を結ぶべきだ、という暗喩をかけて屏風を贈るつもりだなと喝破したのである。

「だが明智軍を後衛《うしろだて》とし、わしが出てゆけばせっかくの陣屋屏風を贈らなくても毛利は我が軍門に下るであろう」

自信満々で信長は言い切った。

明智が後詰めとな？と、宗易と永徳は思ったが軍略のことなのであえて聞くのを遠慮した。

信長の予想とは違う理由だったが、事実、この狩野永徳が描いた傑作「唐獅子図屏風」は毛利方に贈られることはなかった。

永徳が信長と出会ってから記憶にないほど、この夜の信長は終始、機嫌がよかった。天下布武の総仕上げが近づいたからだったのだろうか。

火事の延焼は免れたようだった。

赫く染まっていた夜空は夜明けが近いせいで幾分赫が薄まってきていた。かわりに雲龍のような黒い煙が立ち昇ってゆくのが見えた。

永徳は一昨夜の機嫌のよい信長の顔を思い出しながら、無事に生きていて欲しいと強く願った。一方、もうすでに信長は龍の背中に飛び乗って、この世から違う世界に飛び立って行ってしまったような、決してあってはならない不吉な思いも消すことができなかった。

信長四十九歳、永徳四十歳。

天正十年（一五八二）六月二日の月のない曙の時刻のことだった。

# 二、誕　生

本能寺の変から遡ること四十九年前。

尾張国津島の勝幡城《しょばたじょう》。大名織田弾正《だんじょう》信秀の正室土田御前《どたごぜん》は自分の腹を痛めた初めての息子がどうしても好きになれないでいた。

それは、生まれてから乳母に預けていた我が子に初めて乳を飲ませた時に、乳首を喰いちぎられるかと思うほど噛まれたからだった。あまりの痛さで板場に赤子を放り投げると乳首からはうっすらと赤い血が滲んでいた。その後、噛まれた傷口は腫れ三日三晩苦しんだ。

それ以来、土田御前は吉法師《きっぽうし》（信長）と名づけられた我が子を乳母に任せっぱなしで、ほとんど寄せ付けなかった。

土田御前は尾張の北方美濃土田城領主土田秀久の次女に生まれ、織田信秀の継室として十六歳で嫁いできた。無論、政略結婚だった。

美形ではあったが気性は豪快な信秀が手を焼くほど癇が強く激しい。

土田御前自身もこの激しい気性がどこからきたのか分からず持て余すほどで、初めて産んだ子の気性があまりに自分に似ているので嫌ったのである。

吉法師が五歳になったとき、土田御前から五三の祝に祝いの品を授けるというので呼ばれた。傅役《もりやく》の老臣平手政秀に伴われ吉法師は母の部屋に出向くと、馴染みのうすい母の膝には弟の久能丸（勘十郎信行）が抱かれていた。

子供の正装をした吉法師は切れ長の目を持つ美少年になっていた。

土田御前は乳母に預けぱなしだった我が子を少し見直しながら明るい声をかけた。

「おお、よい子になったの。吉法師」

ところがそれはすぐに嫌悪に変わった。

吉法師は子供にしては鋭すぎる眼で母を睨みつけ、正座をするどころか手を伸ばし、あくびをしたり足を放りだして、しまいには寝転んでしまうのだった。要するにおとなしくじっとしていられないのだ。すこしも愛してくれない母に対してのせめてもの抗議のようだった。

「若、御母様の御前ですぞ」

しわがれた声で政秀がいくらたしなめても聞こうとない。

それでも土田御前は興ざめの気持ちを抑え、子を落ち着かせようと、ややなげやりに言った。

「これ、菓子でも食べよ」

すると吉法師はあられ菓子をがばっと両手でつかみ大口を開けて詰め込み何度か噛むと、母と弟に向けてばっと吐き出したのだ。

弟は泣き出し、土田御前は驚いて仰《の》け反《ぞ》り顔を歪めて言った。

「何をする。ほんに恐ろしい子じゃ。この子は」

「申しわけござらん」

政秀は平謝りに頭を下げた。すると吉法師は政秀の背中に馬に乗るようにまたがり、奇声を上げて楽しそうにはしゃいだ。

「大きうなったらどれほどそら恐ろしい子になるやら……」

土田御前はなぜか自分に似ている、と思った。それだけにその姿を小さな悪魔のように眺めるのだった。

母に疎まれ続けた吉法師は九歳になった。そのころには誰も手がつけられないほどの暴れん坊な若君となっていた。大名の跡取りとしてはあまりにも奇矯な行動が多く、家臣はじめ世間からも「大阿呆《おおうつけ》」とあだ名されていた。

吉法師にとって傅役《もりやく》の政秀だけが唯一の味方だったが、さすがに政秀はこのままでは織田家の後継ぎにはなれないと思い、主の信秀に進言して美濃国の臨済宗大宝寺《だいほうじ》の沢彦宗恩《たくげんそうおん》を教師役に迎えることとした。沢彦は若い時に諸国を行脚修行し、深い学識と洞察力を備えていた。政秀とは何度か面会を重ね、心底相照《しんていあいて》らす仲となっていた。

政秀に教育を頼まれた沢彦は吉法師がどういう子供なのか見ておきたいと思い、尾張に出向いた。

合瀬川《あいせがわ》の河原に数十人の子供たちが石投げをしていた。沢彦はしばらく子供たちの動きを観察した。すると大きな石に腰かけて石榴《ざくろ》の実をかじっている少年が見てとれた。時々棒を振って子供たちを采配しているこの子が吉法師だと見て取れたので、近づいて行っておもむろに声をかけた。

「ただ石投げをさせているのかな」

吉法師はちらりと沢彦に眼をやったが返事もせず、石榴の種をペッとはいた。

間をおいて沢彦は言った。

「石の投げ方にもこつがあるぞ」

吉法師は答えず相変わらず石榴の種を齧《かじ》っては吐き出した。周りにいた吉法師の子分とみえる数人が集まってきて沢彦を囲んだ。

「ぬしゃ、誰だ」

沢彦はにこやかに答えた。

「おお、すまぬ、すまぬ。わしは大宝寺の坊主じゃ」

「坊主が何の用じゃ」

「おまんらがあまりにも石投が下手なもんでつい声をかけたのじゃ」

「なにぃ、どこが下手じゃ」

「さっきから見ておったが誰も川の向こう岸まで届いた奴がおらんじゃろう」

合瀬川は庄内川の支流でも川幅はけっこうある。子供の体力で石を向こう岸まで届くように投げるのはなかなかに難しい。

それでも突然現れた坊主の通りだと思った吉法師が口を開いた。

「おぬしは越えられるのか」

「あたりまえじゃろ」

「見せてみよ」

すると沢彦は突然怒声を発した。

「ばかもーん。それが人に教えを乞う態度か」

これまで人に大声で怒られたことなどなかった吉法師にとって、沢彦の怒声は新鮮な驚きだった。吉法師は石榴を捨てて立ち上がった。

「教えてください。お願いいたす」

沢彦は意外に素直な態度に好感を持った。

「うん、それならばよい」

手ごろな石を拾った沢彦は目いっぱいに振りかぶり投げた。石は川向こうの岸に見事に届いた。吉法師はじめ子供たちは唖然として見ていたが、やがて沢彦を尊敬した顔で見なおした。

これ以降、吉法師は沢彦を師とすることを受け入れた。


吉法師を理解している人がもう一人いた。

父親の織田信秀である。信秀だけは誰よりも、この変わった息子が戦国武将の資質があることを見抜いていた。

世は室町時代末期、長年にわたる無益な応仁の乱を経て、足利将軍家の権威はすでに失墜し、地方大名が勃興して勢力を争ういわゆる下克上の世だった。

信秀は守護大名斯波《しば》氏の家老筋、織田本家の分家織田信定の嫡男として生まれたが、長ずるにしたがって守護家も本家も押さえて尾張八郡のうち四郡を実力で奪い取った典型的な成り上がり大名となっていた。

信秀は海に近い那古野城を居城にし、伊勢湾にそそぐ米野木川（天白川）庄内川という二つの川の河口を押さえていたために漁業から揚がる貢《こう》をはじめ、荷揚銭や渡河銭などの現金収入が多かった。

また二つの川は毎年のように洪水を起こすため、土地は肥沃だが米作には向かない。そこで農民は桑の木を植え養蚕業を営んだ。蚕からは生糸、絹が獲れる。この絹を一番必要としているのは言わずと知れた京織物である。よって、このころの戦国大名の中でも信秀は誰よりも金銭力の重要さと、都の動向をよく知っていた。生糸、河川、港湾から揚がるいわば商業税は農業からの年貢よりも早く直接入る。この金銭によって家臣団を養い、戦の武器の購入や人手のかかる道路や堤などの土木工事を成し遂げられることができることが分かっていた。この領国経営の考え方はやがて後継の信長に引き継がれることになる。

金戦力のある信秀は朝廷が御所の改築費に困り、頼まれると田舎大名でありながら多額の銭をぽんと献金した。また伊勢神宮の二十年遷宮《せんぐう》の建築費なども献金していた。よって、朝廷から従五位下弾正という位を賜っている。その折、十二代将軍足利義晴にも拝謁している。信秀が天下を狙う野望があったのか、ただ勤皇的だけだったかは不明だが、まだ尾張を平定する前から京を強く意識していた人であることは確かである。

　こうした野心満々の父親と酷薄な母親と複雑な領地事情の中で吉法師は育っていった。


　鷹狩りの時だった。

　織田家鷹場の稲羽原に信秀を中心に家臣団が鷹狩りの布陣を敷き、今まさに鷹を放そうとしていた。その時、野原を村の子供の集団が横切ろうとした。鷹狩りはただ単に武士の遊びではなく戦の訓練でもあったので、鷹場に子供が紛れ込むなどということはあってはならないことであった。

　遠目には敵の一団にも見えないこともなく勢子《せこ》の家来たちは一瞬緊張したが、よく見ると一人だけ馬に乗っている少年がいた。

　ざんばら髪を鮮やかな紅白の紐で結い、派手な着物を着て半袴の腰には瓢箪や布袋を下げ、長短の棒切を持たせた二十人ほどの子供たちを前後に従えている。その子供たちの何人かには太鼓と笛を持たせ、喧《やかま》しい音をかき鳴らし行進しているのだ。

　雑兵の一人が声をあげた。

「ありゃ、子供ではねえか」

家老の林秀貞が子供たちを排除するように部下に命令した。

「ええい、誰か、早く行って追い散らせ」

慌てたように数人の雑兵が野原を駆け出して子供たちの一団に近寄って行き大声で叫んだ。

「えーいどけどけ。ここは子わっぱの来るとこではにゃぞ。早よいね」

そう怒鳴られても子供たちは歩みを止めるどころか、ますます楽器をかき鳴らし進んでくる。

仕方なく雑兵たちはさらに歩み寄り、槍を振って脅し実力行使で追い散らそうとした。

「こらぁ。おみゅうら、言うこと聞かんと痛いめにあわせるぞ」

すこしも言うことを聞きそうもなく進んできた子供たちの真ん中に生意気にも、裸馬に片乗りした少年の顔が見えてきた。

一人の雑兵が驚いたように叫んだ。

「あっ。ありゃ若殿じゃ。吉法師さまじゃ」

その声につられ雑兵たちは立ちすくんだ。

まだ声変わりしていない吉法師が甲高い声で馬上から雑兵を見下ろし叫んだ。

「父上に伝えよ。われら子供を鷹狩りの的にせよと」

「はぁ。的に？」

「そうじゃ。的にしてみよと伝えよ」

「はああ」

雑兵たちは一礼し、あわてて野原を駆け戻っていった。それを見子供たちは吉法師のはたき棒の号令のもと、いっせいに囃し立てた。

「それ。叫べ」

「やっちゃ。やっちゃ。やっちゃ。やっちゃ」

雑兵たちが林のもとに戻り報告した。

「ありゃ、若殿でござりました」

「なんとな。吉法師さまじゃと？」

「はい。われら子供を鷹狩りの的にせよと、御屋形さまに伝えよと申しております。いかがいたしますか」

「何を血迷うたことを。なんというつけじゃ」

いまいましそうに林は言い捨て、信秀のところへ急いだ。

信秀は日光浴をするために肩袖を脱いで隆々とした筋肉を陽にさらし悠然と待っていた。

林は片膝をついて報告した。

「御屋形さま。あれに見えますのは……」

「吉法師であろう」

「はあ。御意」

小姓に汗を拭かせながら信秀は言った。

「たいがいそうであろうと思っておった。邪魔になる。追い払え」

「は、しかし……」

「なんじゃ、何かほざいているのか?」

「はあ、まことに奇異なことを」

「言うてみい」

「鷹狩りの的にしろと」

信秀ははじけるように笑った。

「わ、は、は。こしゃくなこわっぱじゃ」

林が困惑したように聞く。

「いかがいたしますか?」

「大事ない。わしの鷹は人を襲うことはない。吉法師の望み通り放してみよ」

「は、承知いたしました」

林が小走りで去ると、控えていた政秀がのそのそと進み出て、両手をつき苦渋に満ちたしわがれ声で言った。

「御屋形さま。我眼がゆきとどかず、まことに申し訳ございませぬ」

「よいのじゃ。政秀、気にいたすな」

「は、しかし」

信秀は眼を細めて遠くの天と地に挟まれた子供たちを見ながら言い放った。

「乱世《らんせ》の子はな、あのくらい覇気《はき》があってよいのじゃ」


吉法師、後の信長が鷹狩りに闖入《ちんにゅう》していた天文十二年（一五四三）皐月。京都上京の画工師狩野家の屋敷内で玉のような男の子が誕生した。惣領狩野元信の三男直信の長子であった。このころ「天下画工の長《てんかがこうのちょう》」と称される狩野元信は六十七歳だった。数々の大寺院の障壁画や貴族、将軍家の襖絵を手がけ、足利幕府御用絵師の地位を確立して一族を含め門弟は数十人を抱えていた。

狩野家は鎌倉時代もともと伊豆地方の田舎武士だったが、室町時代、六代将軍足利義教が関東下向の際に家祖狩野景信が「富岳図」を描いて披露したことによって運が開き、京に呼ばれ狩野派の基を開いた。その後、景信の嫡子正信が努力を重ね八代将軍足利義政に認められ同朋衆となり御用絵師となった。その正信の嫡子が元信で狩野派二代目に当たる。

元信はすでに御用絵師となっていた僧周文《しゅうぶん》や宗湛《そうたん》に画法を学んだ。その間、時宗《じしゅう》の流れを汲む阿弥派の同朋衆たちに田舎絵師と嘲られながらも次第に実力を認めさせ御用絵師の地位を築いた。元信は父正信とともに苦労して、平安から続く大和絵の土佐派の手法を取り入れた画風を生み出し、狩野派を更に発展させた人である。因みに画聖と呼ばれる雪舟《せっしゅう》は半世紀前に亡くなっている。

正信、元信親子を認めた八代将軍義政は、若年のときは将軍としてまじめに政治に携わっていたが、家臣たちの家の後継者争いや土地争いの調停にほとほと手を焼き、次第にやる気を失くし、政治にはまったくと言ってよいほど無関心になってしまった。早く将軍職を辞め隠居し、好きな趣味の世界に入りたかったのである。

ところが正室日野富子には嗣子ができない。そこで僧籍に入っていた弟の義視《よしみ》を説き、将軍を譲ることを約束した。しかし、皮肉にも富子が懐妊し男子（後の九代将軍義尚《よしひさ》）を産んだのである。そうなると富子は自分の産んだ子を将軍にしたい。意思のはっきりしない夫義政では頼りないので富子は管領の山名宗全《やまなそうぜん》（持豊）に後ろ盾になってもらう。

将軍職を譲ってもらう約束をした義視は納得がゆかないので管領の細川勝元に後ろ盾になってもらう。こうして細川、山名の権力争いに発展し、守護大名の畠山家の後継者争いもからまり、世は底なしの戦「応仁文明《おうにんぶんめい》の乱」となり約十年間にわたり千々に乱れた。

戦乱の因を作ったと言っていい義政はあたかも政治と後継問題から逃げる如く世の荒廃を横目にして文化に傾倒した。義政自身が見通していたかははなはだ疑問だが、結果的に禅宗思想を基にした造園、建築、茶の湯、能楽、絵画などを奨励振興し鹿苑寺《ろくおんじ》銀閣を象徴とした文化を創出した。これは日本文化の基礎的要素となり、後世に多大な影響を与えることとなった。


義政が歿したあと、幕府は将軍が次々と代わるたびに弱体化し、元信のころには細川家が実権を握っていた。

こうした難しく複雑怪奇な権力の変遷を読みながら正信、元信親子率いる狩野派はたくみに生き抜いて勢力を拡げ、その中で絵画芸術の追究をしてきていたのである。

元信は禅宗妙心寺の塔頭《たっちゅう》、霊雲院《れいうんいん》の障壁画の制作にとりかかり、老体でありながらも疲れを知らぬ鋼のような身体で精力的に絵を描いていた。

制作に入ると元信は精神集中で人を寄せ付けぬほどだが、この日の元信はいつもの威厳のある態度こそ変わらなかったが、画室にいて孫の誕生を待ちかねていた。

三男の直信が静粛な画室にやや上気した顔で入ってきた。

直信は元信の脇に遠慮がちに座った。

「惣領。よろしいですか?」

元信は絵に手を入れていた筆を休め、描いていた絵の部分を眼を細めながら聞いた。

「どうした、産まれたか?」

「はい。先ほど男《お》の子が産まれました」

元信は嬉しさをかみしめるように言った。

「男か。でかしたのう。源七郎」

「ありがとうございます」

「息災か?」

「はい。母子ともに」

「それはなにより。大事に育てなければならんぞ」

元信の言葉にはただ単に孫の誕生を喜んでいる祖父という以上の重い意味が込められていた。

元信には三人の息子がいた。

長男の宗信は狩野家の血筋を受け継ぎ絵師としての才能には恵まれていたが、生まれつき身体が弱かった。跡継ぎであることもあって若くして結婚していたが子宝には恵まれていなかった。

次男の秀頼《すえより》は絵の才能には恵まれていたが、次男ということもあり、一時的に後継者のいない親戚の土佐家のたっての願いによって養子に出された。そのせいなのか、もともとなのか不明だが、性格が少し変わっているところがあり、幼きときより何かと父に反発するところがあった。しかしすでに嫁ももらい、息子を一人もうけていた。無論、元信はこの初孫の誕生の時も元信は大いに喜び家をあげて祝った。

三男の直信は素直で父の言うことを忠実に守りこつこつと真面目に励む性格だったが、絵の才能のほうは凡庸だった。

元信は自分の芸術を追究することも大切であったが狩野派の惣領として当然のことながら基盤を築いた家を存続させ繁栄させてゆかねばならない責任があった。

そのためには血の継承が必要であり、次の代とその後の代まで気を配って行かなければ安心できないでいたのである。それには六十七歳になって後継候補者が身体の弱い宗信一人では心もとない。画工の家は集団で制作しなければならない大仕事や重複した仕事を請けるので、一人でも多くの血縁者が欲しかったのである。

この日誕生した男の子は源四郎（永徳）と名付けられ、元信はじめ狩野家と門弟たちに愛情と期待を一身にうけ、すくすくと育っていった。

# 三、葬　儀

駿河の今川方の兵が尾張の国境に兵を集めているという報が織田信秀にもたらされたのは天文十九年（一五五〇）の貝寄《かいよせ》の春風が吹きはじめた頃だった。

尾張は周囲を東に三河の松平、その後方に駿河の今川、北に美濃の斎藤、その先の西に近江《おうみ》の浅井《あざい》に囲まれていた。

尾張半分を手中に収めた信秀は周辺国を切り取る野望を抱き、美濃の斎藤道三とはお互いの領地を侵犯しあう戦を続けていた。また、比較的戦力が弱いと見た三河松平領をしばしば攻めた。苦しくなった松平広忠は幼い嫡男竹千代（徳川家康）を人質に出して強国駿河の今川義元に助勢を頼んだために、戦は膠着状態となりさすがの信秀も手を焼いていた。

国境の矢作川《やはぎがわ》に兵を配した信秀は川向こうを眺めながら苦笑いを浮かべて言った。

「広忠も意外にしぶといのう」

傍らに控えている佐々政次が繰言をいうように答えた。

「御屋形さまがせっかく苦労して手に入れた三河の跡取りに温情をかけ、返してやったからでございますぞ」

「まあそう言うな政次。それとわしはああいう卑怯なやりかたが嫌になったのじゃ」

信秀の言うやりかたというのは広忠が今川に送った竹千代を計略で奪い取り、逆人質として預ったことを指していた。半年ほど広忠に対して尾張と手を組むように迫ったが広忠は、

「嫡男の命が惜しくて今川との約束を反故にしたうえ、尾張と組んだと言われては末代までの恥。ゆえに竹千代を煮るなと焼くなと好きにせよ」

と言って決して折れなかったのである。

「広忠を見直さなければならんの、さすが三河の国人の長だけのことはある」

信秀はたとえ敵であっても、そういう武士らしい態度が好きだった。

柔弱と伝え聞いてはいたが、いかにも武士らしい広忠の心意気を評価し、竹千代を三河に返してやったのである。にも関わらず竹千代は今川方に人質として送られていた。

事実は前の小豆坂の戦で長男の信広が今川方に捕虜となったため、竹千代と人質交換をしたのであった。

若い柴田勝家が血気盛んに言った。

「その御屋形さまの恩も忘れ攻め込んでくるとは広忠め、なあにまた、蹴散らして追い返すま

でのこと。弱い三河侍など何度来ても尾張は取れにゃあぞ」

「おお、権六（勝家）は勇ましいのう。その意気じゃ」

褒められた勝家が調子に乗って言上した。

「御屋形さま。見たところ、敵の左翼の守りが甘もうござるゆえ切り込みをかけましょうぞ」

「まあ待て。この度はあちらから仕掛けて来てるのじゃ。川を渡って来たら好機じゃ。そこを一気に叩け」

「承知」

その時、信秀がにわかに左手で頭を抱えた。

「うーむ。頭が痛い……割れるように痛い」

佐々と柴田が信秀の異変に気づき駆け寄った。

「お、御屋形さま」

「どうなされました」

「こ、これはいかん。ううん」

信秀は唸りながらうずくまるように床几に座り込んだ。

佐々が叫んだ。

「誰か、敷物をもて」

柴田と佐々に支えられ信秀は横たわり鎧をはずされた。周りに居た家臣たちも次々に集まってきて心配そうに信秀を囲んだ。

しかし信秀はそのまま爆睡するかように大きな鼾《いびき》をかき続けた。

脳卒中だった。間もなく「尾張の虎」とも言われた織田信秀はあまりにもあっけなく齢四十二歳で世を去った。


信長は馬を思いっきり駆けさせながら怒っていた。こんな理不尽な悲しみを自分に与えた父に怒り叫んでいた。

「のぶひで〜、なんという勝手な親父じゃ、親父の阿呆」

眼から噴出してくる涙が疾走する馬上で吹き飛んでいた。

可愛がってくれたことも、甘えたことなども一度もなかったが、信長は解っていた。

この世でたった一人だけ自分の心を解ってくれていた人であった。その父が突然、別れも告げず何の言葉も遺さず逝ってしまったのだ。

信長はすでに死というものが何なのかを分かっていたが、この父の突然の死だけはとうてい納得できなかったのである。

護役平手政秀に父の葬儀に喪主らしく威儀を正して臨席するように諫められた。しかし信長はどうしても形式的な葬式などにじっと座っていることなどできなかった。だから葬儀の途中に顔を出し、抹香箱を掴み、そのまま祭壇に投げつけて帰って来たところだった。

織田家中は信秀の葬儀が終わったらすぐに後継者を決めなければならなかった。

長男は信広、信長は次男で、三男は信勝だった。

本来なら長男の信広になるのだが妾腹《しょうふく》の子だったので信秀は家督を継がせなかった。順番からいえば信長が継ぐことになるが、いかんせん大阿呆で通っているので母の土田御前はじめ重臣も信長を推すものは少なかった。

それでも、政秀の言うことを入れてこの葬儀で信長がまっとうに喪主を立派に務め上げれば、筋を大切にする家臣たちは信長という意見に傾く可能性があった。しかし、この葬儀でとった信長の理解不能ないかにも粗暴な振舞いはそういう家臣たちでさえ失望するしかなかったのである。

信長は一気に生駒村の豪商生駒家まで駈けた。

ただひたすらそこの娘類に会いたかったのだ。類は信長より年上のうえに出戻りだったが、信長が領内を巡っている時に美しい類を見初め通うようになっていた。

このころ信長はすでに結婚していた。長年にわたり攻防を繰り返していた美濃の蝮と呼ばれた斎藤道三と和議を結ぶための政略結婚で、相手は道三の娘帰蝶といい尾張では濃姫と呼ばれた。那古野城に嫁いでいたがそのころの信長は「蝮の娘など」と言って心を許さず、夫婦とはいえ形ばかりの状態だった。

生駒の屋敷に着くと信長はいつものとおり遠慮会釈なしに家の中にずんずんと上がって行き、唯一の心を許せる人の名を叫んだ。

「るい、るい」

奥座敷にいたお類はこのぶっきらぼうで横暴だが、どこか純粋で気品のある信長を愛し始めていた。

縫い物をしていたお類が返事をした。

「はい。こちらにおります」

信長は襖を乱暴に開けた。

「おったか」

「はい。お帰りなさいませ」

お類は縫物のきものを脇にかたずけて手をついた。

「疲れた。寝る」

信長は座敷に入ってくるなりお類の膝を枕にして寝そべった。この膝枕も信長が甘えたようにいつも好んですることだったがこの日は少し違っていた。顔は馬で走ってきたため汗と埃で汚れていたが、細く鋭い眼から涙が溢れ続けお類の腿を濡らした。

お類が初めて見る信長の涙だった。

信長がぼそりと言った。

「人は死んだらどこに行くのじゃ」

「はて、わたしには分かりませぬが、御仏《みほとけ》のもとに行くのではないかと思います」

「仏などいるものか……もしいたら、親父をこんなに早く死なせるもんか……」

信長はまるで寝言のようにつぶやき、軽いいびきをかきはじめた。

お類は半眼の観音菩薩のような表情を浮かべ、誰にも理解されない孤独な若者の奇妙な茶筅《ちゃせん》髷《まげ》の頭をやさしく撫で続けた。

# 四、神　童

京の狩野元信も後継者問題で悩んでいた。

体の弱かった嫡男宗信が霊雲院の障壁画の完成を待っていたかように四十歳を前にして病気で亡くなったのである。

七十歳を越えてますます壮健な元信は自分の命と交換できるならそうしてやりたいと思うほど宗信の死を悼んだ。しかし、元信にはいつまでも悲しんでいる余裕などなく、浄土真宗石山本願寺の障壁画制作はじめ目白押しの注文が殺到していた。その中でできるだけ早く狩野派惣領の後継者を決めなければならなかった。

順番でゆけば次男の秀頼が継ぐのが良いのだが、秀頼は父の絵画感に反発することが多く、土佐家に養子に出ていたせいか、大和絵的な個性的だが美的感覚が異質な作品を描くことが多かった。元信としては決して秀頼の絵を嫌ってはおらず、むしろ面白いと思っていたが、漢画を極めてきた狩野派の絵筋を決める惣領として継がせるとなればやはり心配であった。

三男の直信は狩野派の伝統を素直に受け継いでいるが、柔和で穏健な絵を描いた。あまりにもこじんまりとまとまり過ぎて、大作を求められる障壁画の注文が多い狩野派にとっても、多人数の絵師を統率、指導してゆかなければならない惣領として立ってゆけるのか元信としては心もとなかった。

偉大な父を持った息子たちは期待されるだけにそれなりの才能では物足りなく見られ、宿命とはいえ、気の毒なことでもあった。

それでも元信は悩んだすえ、決断を下した。

絵師としての才能はいまいちだが父の美意識に馴染みながら誠実な制作をする三男の直信を次期惣領に指名し、狩野派全員に言い渡した。しかし、元信としては決めたのはいいが、このまま正信、元信と続いてきた狩野派の絵画が継承され、御用絵師の地位を保ってゆけるかどうか心配でならなかった。

というのは対抗する雲谷派《うんこくは》や海北派《かいほうは》が狩野派の領分を侵してきていたからである。今は元信自身がいるから他派もそうやすやすと狩野派の領分を脅かすことまではできないだろうが、死んだ後はどうなるか分からなかった。

だが、この時下した元信の決断が至極真当だったことが数年ではっきりとした。

絵画界に君臨している元信だったが孫に関しては普通の好々爺となんら変わりがなかった。

この日も絵の制作の合間に直信一家の住む離れ家に足を運んだ。玄関に入ると、待っていたように四歳になった源四郎が顔と手に墨をつけ走ってきて元信に抱きついた。

「じい」

「おお、おお、源四郎。また絵を描いておったか」

元信が眼を細めて抱き上げると源四郎は可愛い指で奥を指差した。

「あっち。あっち」

「よしよし、まいろう、まいろうの」

母の糸があいさつに出てきた。

「父上さま、気いつかんと失礼どした」

「ああ、よいのや。よいのや」

元信は源四郎を抱いていつもの遊び場に向かった。

そこは板場になっていて絵師の家らしく紙と墨と筆が用意されており、一年前から元信の意思で源四郎が自由に絵を描けるようになっていた。

源四郎は遊び場に入るとすぐに筆を持ち、無邪気に絵を描き始めた。まだ子供の絵ではあったが何にも囚われない自由奔放な筆使いである。この源四郎の描く絵が元信は何よりも好きだった。いや、好きというよりこの孫の天稟《てんぴん》を感じ、驚嘆して眺めていた。眼に入れても痛くない孫が描いているからではなく、長年にわたり美を追求してきた老絵師の眼力だった。子供ながら筆致が違うのだ。これだけは教えられてできるものではなく、天性という生まれながらに備わっているこの子の感性と才能だった。

そばで源四郎のために墨を磨っている糸があきれたような口調で言った。

「こうして、一日中描いてんどすえ。ほんまに血は争えまへんなぁ」

「ほう、日がな一日なあ」

元信は嬉しそうに源四郎が描いてゆく絵を眺めながら言った。

「源四郎は、絵事《えごと》が好きじゃのう」

源四郎はくりくりとした眼を輝せた。

「うん。じいやとととのようになる」

源四郎はまごうことのない畢生《ひっせい》の天才児だった。

この神童の出現は狩野派の人々を喜ばせ、とりわけ、狩野家の行く末を心配していた元信にとって、一挙に光輝く未来を予感させてくれる存在となった。

元信の源四郎に対する思い入れは年を経るに連れてさらに深くなっていった。それはまるで、残り少ない自分の命があるうちに自身が培ってきたもの全てを譲り渡すかのような愛情と期待のかけ方だった。

幼い源四郎もまた、成長するにつれひとしお自分に注いでくれる祖父の愛情を感じとり、期待に違わぬ成長を示していった。


天文二十一年（一五五二）正月明け、京は冬だというのに雲ひとつなく晴れ渡っていた。

元信は恒例の将軍家あいさつに出向いた。供にしたのは家督を譲った直信、次男の秀頼、そして十歳になった源四郎だった。

将軍にお目見えする二条の御所接見の間は初代正信が描いた渾身の傑作、山水図、山水人物図の襖絵で囲まれていた。

描かれてから数十年が経ち襖の色はやや古びてきているが、力強い構図と墨線、そして、正信独特の細密な描写は少しも色褪せていなかった。

元信は源四郎に言った。

「よおく見ておくのだぞ。これがお前のひい爺さまの絵じゃ」

「ふーん。これはすごいなぁ」

源四郎は立ち上がって一点づつ、絵を食い入るように見入った。

「これ、源四郎。御前である。行儀が悪いぞ」

父の直信がたしなめるように言った。

すかさず元信が直信を制した。

「よいのじゃ。これを見せたいがために連れてきたのじゃ」

直信は元信の思いを納得した。

「はい。分かりました」

しばらくして、小姓の声が響いた。

「おなぁりぃ」

元信は源四郎を呼び寄せて、頭を深く下げた。

まだ青年の十三代将軍足利義輝《あしかがよしてる》が正月の正装をして颯爽と現れた。

義輝は先代将軍義晴の嫡男であったが、父がそのころ京を実質的に支配していた管領細川晴元と対立し京を追われたために、幼いころより奥近江の田舎で育った。その不遇さのお陰で身体を鍛錬し武芸を身につけた。あの剣聖、鹿島新当流《かしましんとうりゅう》塚原卜伝高幹《つかはらぼくでんたかもと》に師事したといわれている。

ゆえに近江六角氏に担がれて将軍に就いたころには柔弱な若者とはひと味違う兵法《ひょうほう》将軍となっ

ていた。

　上座に座った義輝の張りのある声がした。

「待たせたの」

「ははぁ。上様におかれましてはうるわしく恐悦至極でございます」

　全員声を揃えて挨拶した。

「明けて新年のお慶びを申し上げます」

「大儀である。皆、面を上げよ」

　四人が頭を上げると、義輝がすかさず聞いた。

「みな息災じゃな。法眼《ほうがん》（元信）においてはますます達者であるの」

「ははっ、ありがたきお言葉、お陰さまでございます」

「いくつになる」

「は、七十七歳になりまする」

「まことに長生き、あっぱれじゃ」

「ははっ」

「狩野家の惣領は三男の直信に決まったそうだな」

「は、御意」

直信がすかさず答えた。

「狩野大《おお》炊《い》介《のすけ》直信でございまする」

「こちらは我が兄狩野下総介秀頼でございます」

義輝は頷き、

「さて、そこにおる男の子は？」

元信が答えた。

「はっ。惣領直信が嫡男、源四郎でございます。僭越ながら我が孫でございます」

義輝は眉尻の凛々しい源四郎の顔をまじまじと見た。

源四郎も物怖じもせず、まっすぐに将軍の顔を見た。

義輝は軽く頷きながら言った。

「うん。絵師にしておくにはもったいないような、なかなかよい面構えをしておる」

元信は深く頭を下げた。

「おそれいります」

義輝は源四郎を気にいったらしく、微笑みを浮かべて言った。

「そなたも絵師になるのか。即答を許す」

それでも源四郎は即答することを元信に顔で確かめると、元信は軽くうなずいた。

源四郎ははきはきと答えた。

「はい、御用絵師に成りとうございます」

「武将になる気はないか？」

「おそれながら、日の本一の絵師になりとうございます」

「ほう、日の本一のか、その心意気、気に入った」

「ありがとうございます」

「雅号はまだないのであろう」

「はい」

「筆と硯をもて」

側近がうやうやしく書きもの道具を持ってくると義輝は元信たちが驚くようなことを言い出した。

「では、我が幼名徳千代丸の徳の一字を与えよう……」

義輝はすらすらと紙に字を書いた。そしてその墨痕鮮やかな紙を掲げた。

「永く徳が続くように……永徳とはどうじゃ」

元信がかしこまって答えた。

「は、ありがたきしあわせ。されど上様の幼名は菊童丸さまと承っておりますが……」

「確かに菊童丸じゃが、生まれてからしばらくは徳千代丸と呼ばれていたのじゃ」

「そうでございましたか。それならばありがたく頂戴いたします」

ありえないことだった。

時の将軍が御用絵師とはいえ絵師の子供に名前を授けるなど破格のことであった。

歴代将軍の中でも三本の指に入る英明さといわれた義輝は元信がわざわざ孫を連れてきた意味を即座に理解したのだ。

元信の意図は「この子がいずれ狩野派を背負って立ちますので、将軍の庇護をよろしくお願いしたい」ということだった。

武家にはこのような当主が後継者を紹介しておく「引き回し」という暗黙の慣習があった。

そのうえ、義輝は源四郎と言葉を交わしてみると将来性を十分に感じさせる子供だったので名前を授けるという最高に近い褒美を与えたのだ。

無論、子供の源四郎にはそれがどのくらい名誉なことなのかは分からなかったが、めったにないことなのだということは理解できた。

永徳は授かった名前の語感を確かめるように呟いた。

「え、い、と、く」

義輝は源四郎の輝かしい将来を指し示すような明るい声で言った。

「そうだ。永徳じゃ。狩野永徳。そう名乗るがよい」

元信の胸は嬉しさで溢れ、感謝の言葉を述べた。

「ありがたきしあわせ。狩野家にとってこれ以上の誉はございません」


将軍への「引き回し」以降、元信は永徳の順調な成長を見守りながら狩野派の将来を託せることを確信し、当時の人としては稀な八十三歳という長寿を全うした。

ちなみに、将軍義輝に永徳と名付けられた源四郎は十六歳で元服すると元服名を州信《くにのぶ》と名乗ったが、狩野一門も世間の人も誰一人として州信と呼ぶ人はおらず、狩野永徳と呼んだ。

# 五、軍　議

尾張では、もうひとりの天才児信長は苦闘していた。

父信秀亡き後、信長はとりあえず家督を継いでいたが、母土田御前は素直でたたずまいが端正な弟信行を後継にしたい意思を変えず、家老の林通勝や柴田勝家までそれに組し反信長に回っていた。

もはや信長は多くの身内、重臣からも見放され四面楚歌《しめんそか》となっていた。

育ての親といえた平手政秀さえ、行状を改めない信長に絶望し老腹を切って諫死してしまったのである。味方といえば父の弟織田信敏、信光の叔父二人と丹羽長秀、滝川一益、信長より若い池田恒興、前田犬千代などの家来や木下藤吉郎（秀吉）のような一旗揚げの新参者だけだった。

それでも唯一、外部から信長を高く評価する人が現れた。

正室濃姫（帰蝶）の父美濃の蝮斎藤道三である。道三は僧籍から還俗し、京山崎の一介の油商人から身を興し、智謀と謀略をもって、美濃一国を奪いとって大名に成り上がった、まさしく下克上を地でゆく怪物であった。しかし、美濃一国を手にするために時間がかかり過ぎていた。もし最初から美濃の大名家に生まれていれば戦国期最初に天下を取った武将だったかもしれない。

十八歳になった信長は帰蝶と結婚してからやっと三年後、初めて舅である道三と国境にある聖徳寺《しょうとくじ》で面会をすることとなった。

道三は対面前に信長の軍隊行列を秘かに観察することにした。百戦錬磨の道三としては軍列を見ればその大将の考えや器量の判断はつくからで、もし噂通りの大阿呆であれば尾張を取るのは容易だと思ったからだ。商人あがりの道三は山国の美濃の財力では京に上るのは無理だと分かっていたので、喉から手がでるほど尾張の財力が欲しかったのである。

街道のそばの商家の二階に隠れて覗いていると、やがて歩兵達の後から馬に乗って信長がやってきた。噂通りの茶筅髷に奇異な女浴衣の姿であった。

「ほほう、そうとうの大阿呆じゃのう」

一瞬喜んだのもつかの間、道三はその後に続く軍列は今まで見たこともない長槍と新式武器の鉄砲を揃えた軍隊の編成だった。それを見て道三は驚き、この婿は只ものではないと看破し、いささか落胆した。

信長を見て家来の一人が道三に、

「やはり、間違いなく尾張の大阿呆でございましたな」と笑った。

道三は渋い表情で言った。

「それは残念なことじゃ。いずれ我が軍はその大阿呆の元に馬を繋ぐことになるじゃろう」と残念そうに皮肉で返したという。

「馬を繋ぐ」とは配下となるという意味である。

聖徳寺に帰った道三は家臣と雑談しながら信長との対面の時間《とき》を待った。やがて寺の外廊下を歩く音が聞こえ、ギイッと扉が開いた。

すると、茶筅髷から凛々しい髪に結いなおし、茄子紺色の衣帯に着替えた信長が入ってきて道三の前に座って深く礼をした。

「織田上総介《かずさのすけ》信長でござる」

「うん、道三じゃ」

信長の見事な変身振りにさすがの道三もすこし気を呑まれていた。

二人は互いの眼をみつめながらしばらく無言で相対した。真剣勝負であった。

……こやつ、今まで会った他のやつばらとは物が違うな……

……蝮か、確かにこの親父に噛まれたら毒がまわるな……

ひとつ咳払いをして道三は信長に一言だけ聞いた。

「婿殿は、何を目指しておる？」

信長はじっと考えて答えた。

「ただ一人になることでござる」

「ふむ……一人にな……」

道三は信長の眼を睨みつづけ、やがて微笑み、そして声を出して笑った。

「わっははは……」

道三の胸の中に久しく感じていなかったような一陣の風が吹き抜けた。

以降、道三は自分には果たすことが年齢的に難しくなった。

「天下に号令するという夢」はこの婿にならできるかもしれないと確信し、事あるごとに信長を支援するようになった。

今川義元の一軍が尾張の小河城を攻めてきた時など、信長が援軍を頼むと、道三は美濃から軍を引き連れてきて一緒に戦い、今川軍を打ち破った。

尾張国内でさえ味方が少なかった信長にとって隣国美濃の実力者道三の後ろ盾を得たことは何より心強かったに違いない。

自信を持った信長は父信秀が成し遂げることができなかった尾張八郡平定に本格的に乗り出した。

話し合いをして味方する者は許したが、反逆するものは徹底的に叩き排除した。そして、ついに叔父の信光の協力を得て織田本家の織田信友を謀殺し、尾張の主城清洲城を奪った。

その後、信長にとってやっかいだったのは兄弟の反逆だった。

まず、弟信行がついに稲生城《いのうじょう》戦という謀反を起こしたので打ち破った。信長はあれほど自分を疎んじた母土田御前にも懇願され、弟ということで一度は許したが、信行は懲りずに二度目の謀反を起こしたのだ。今度は信長も許すことができず、病気と偽って信行を見舞いに来させ家臣らの手で謀殺させた。

もうひとつは腹違いの兄信広が裏切ったことだ。

信長を支えてくれた斎藤道三は家督を譲った嫡男の義竜ににわかに反逆された。実は義竜は道三の種ではなかった。道三は守護土岐頼芸《ときよりよし》を追放した時、頼芸の側室深芳野《みよしの》が身篭っていることが分かっていたがその美しさを惜しみ、そのまま自分の正室にしたのだ。

そして、頼芸の子であることを承知して義竜を嫡子として育てあげ家督を譲った。それにも関わらず、義竜は成長してから実父頼芸を追放し国を奪った仇敵として義父の道三を攻めたのである。

信長は岳父道三の窮地を聞き急いで美濃に出陣した。

この時、後方にいた兄信広が突然義竜側に寝返り思わぬ挟み撃ちの大苦戦となってしまったのだ。妾腹であっても長男の信広はやはり弟の信長が家督を継いだことに嫉妬し、不満を抱いていたのである。そこで、義竜と組んで信長を倒せば自分が尾張を手に入れることができると思い裏切ったのだ。

この戦いは結局、信長が激戦のうえ義竜を破り道三の仇を討つことができた。兄信広の裏切りの罪は死罪に値したが、信長は血を分けた兄弟ということで臣下になることを約束させ許した。

信長の尾張平定最後の仕上げは、織田家の主筋守護大名斯波義銀《しばよしかね》が室町大名という古い権力の座に固執し、実力を持ってきた信長を認めず、どうしても言う事を聞かないので武力で圧倒し、追放したことでほぼ完了した。

信長は父信秀を亡くしてからここまで来るまで血で血を洗うような戦いと謀略の連続で約十年の月日を要した。

そして、永禄三年（一五六〇）信長を休ませることなど許さないかのように驚愕の知らせが入った。

　これまで局地戦を繰り返してきた駿河の今川義元が今度は天下取りのための大軍勢を率いて、上洛の途中尾張に侵入してくるというものだった。

　真っ向から戦えば織田家滅亡の危機となる事態だった。

　間もなく、尾張方の丸根砦、沓掛《くつかけ》砦陥落の伝令がもたらされた。

　さっそく信長は動揺する重臣、主だった家臣たちを清洲城に集め軍議を開いた。ほとんどの家臣たちは戦いを前にしながら大軍今川勢に対してほとんどが悲観的であった。

　確かに危機ではあったが、ただひとり信長は宿敵今川義元を破る絶好の機会だと捉えていた。

　乾坤一擲。

　大軍であってもわざわざ勝手知ったる自領に入ってきてくれるのだ。必ず勝機があるはずだった。危機を言い募る家臣たちを余所《よそ》に信長だけはどのような戦術を取るかを考えていたのだ。

　軍義が開かれた。

　信長が大広間に入り上座に立て膝で座ると重臣たちが待っていたように意見を述べはじめた。

　家老の佐久間信盛が口火を切った。

「この度の今川方の国破りの進軍について意見がある者は、腹蔵なく意見を述べられい」

丹羽長秀が言った。

「佐久間殿。まず兵力を知らねばならんであろう」

池田恒興がすかさず言った。

「敵の兵力は二万とも三万とも聞いております」

「三万とな」

丹羽は唸った。

「こちらはいくらかき集めてもよいとこ五千じゃ。戦にならん」

河尻秀隆が言った。

「こたびは敵が通り過ぎるのを見過ごしましょう」

柴田勝家が怒鳴った。

「何を馬鹿な。どうせかなわぬなら城を打って出て戦うまで」

佐久間が落ち着いた声で言った。

「何の策もなしに戦ってもただの犬死にじゃ」

年寄りの織田信安が首を振りながら言った。

「我が方の城は清洲だけではない。ここは一旦城を明け渡して、再起を期すのが得策じゃ」

柴田が立膝になり言った。

「何という腰抜けな」

「腰抜けとは無礼な。戦術じゃ」

言い合いの仲裁をするように佐久間が言った。

「まあ、まあ。ここは殿にご意見をうかがおう。殿、ご存念を」

信長は寝そべったままでそっけなく言った。

「続けよ」

信長は家臣の意見などほとんど聞いておらず、戦略を考え続けていた。すでに何人もの素破《すっぱ》を放っていたので、その報告を待ってもいたのだ。

林秀貞が口を開いた。

「とにかく、ここは兵の数で相手になり申さぬ」

家臣団の末端にいた前田犬千代（利家）が叫ぶような大声で言った。

「兵の数が違うのなら、奇襲をかけましょうぞ」

それまで寝ているように眼をつむって聞いていた信長の細く鋭い眼が一瞬光ったが再び眼をつむった。それに気づいた者は誰もいなかった。

柴田が犬千代をたしなめるように言った。

「どうやって三万の兵に奇襲をかけるのだ。だいいち誰がやる。そういうのは小戦《こいくさ》の時にやるものだ」

河尻がひょうきんに言った。

「犬千代だから仔犬が牛に噛み付くようなものかの？」

失笑が漏れた。

「なにぃ」

犬千代は怒って立ち上がったが周りに宥められ悔しそうに座った。

林が言った。

「やはり、籠城しかあるまい。今川勢は上洛が目的。尾張で時間をくっているわけにはいかないであろう」

追従するように青山与三右衛門が言った。

「なるほど、籠城していれば通り過ぎてゆきますな」

池田がいきり立って言った。

「重臣の方たちは何を考えておるのです。武士なら自分たちの領地を黙って通させるなどもってのほか」

青山が言った。

「それでは、一旦通させて、後ろから攻めかかるというのは」

池田がさらに言った。

「それは卑怯な振る舞い。武士の風上にも置けませぬ」

「兵法じゃ。それを卑怯とはなんじゃ、聞き捨てならん。撤回せよ」

「卑怯だから、卑怯と言ったまで」

「許さぬ。表に出られい」

二人の言い争いを遮るように、寝そべっていた信長が突然起きあがった。

「よし、そこまで。皆大儀であった。解散じゃ」

柴田が唖然として大声をあげた。

「解散？殿。何も決まっておりませぬ」

佐久間が慇懃に手をついて言った。

「殿、どうぞ、御下知を」

信長は立ち上がって号令するように言った。

「ない。散開じゃ」

皆、狐につままれたような表情をして広間からぞろぞろと退出した。

軍議を開いて大将が何の下知もしないなどということは考えられないことだった。それも日ごろ独裁者で通っている信長がである。

佐久間信盛や林秀貞は密かに、

「運が尽きた時は、知恵の鏡も曇るという。今がその時だ」

と言い合ったという。

信長が考えていたのは先制攻撃だった。この作戦を下知してしまえば家臣たちの中で今川に報せるスパイがいないとは限らないのだ。このころの織田軍団は味方でも信用できなかったのである。

広間から誰もいなくなったのを確かめると信長は縁側に大股で歩いて行った。すると猿のような顔をした小柄な家来が素早く軒下に進み出た。小頭に取り上げた木下藤吉郎だった。

「素破が戻って参りました」

「呼べ」

「はっ。こちらの方へ」

藤吉郎が呼ぶと、腰をかがめて百姓姿の男が現れほおかぶりの手ぬぐいをとった。若いが埃まみれの汚い顔をしていたが家臣の簗田政綱《やなだまさつな》だった。

信長がしゃがんで聞いた。

「ごくろう。人数は」

「およそ、先方一万、本隊五千、後詰一万です」

「どのあたりにおった」

「一刻前までは丸根砦を出た辺りです」

「丸根か……」

信長はうつけと言われながら、少年の時に馬で駆けまわっていたお陰で領内を知り尽くしていたので素破が場所を言っただけで頭に地図が描けた。したがって今川軍がその後どこをどう動いて行くかほぼ想像できるのだった。

信長は、義元は必ず大高砦に向かうと思った。その途中桶狭間辺りで今川本隊を奇襲し、義元の首を取るべきだと直感した。博打ではあったが、兵の少ない織田軍が勝利するには乾坤一擲それしかない。唯一の勝機はそれだと確信した。

「あい分かった。戻って逐次動きを知らせよ」

素破の簗田は一礼して消えた。

信長は藤吉郎に聞いた。

「猿、天気はどうじゃ？」

藤吉郎は口を半開きにして空を見上げた。若い時に放浪生活していたので空の模様で天気を予想できた。

「北の空がやや暗くなってきてるおって、数刻あとには雨になりますな」

「よし雨だな」

「へい、間違いなく」

「よし、猿。馬を用意しておけ」

藤吉郎は嬉しそうに返事をした。

「へい合点、承知でござる」

信長は広間に戻り小姓の仙千代に生駒方（類）に来るように言いつけ、出陣の用意をするように言った。

間もなく生駒方が現れた。生駒方は嫡男奇妙丸《きみょうまる》（信忠）と次男茶筅丸《ちゃせんまる》（信雄）を産んで母となり、女盛りを迎え匂うほどの美しさを放っていた。

「お呼びでしたか？」

「敦盛《あつもり》を舞う。鼓《つづみ》を打て」

「はい」

「敦盛」とは室町末期に武士の間で流行った声曲《しょうきょく》幸若舞《こうわかまい》の出し物のひとつで「平家物語」や「曽我兄弟」などの物語を琵琶または鼓を奏で吟じた。山場に至ると舞い踊りを入れて盛り上げる形式だった。

信長はこの幸若舞を好み芸人に演じさせ鑑賞していたが、自らも平家物語「敦盛」の一節を特に気に入り舞の部分を習い覚え、時々演じていたのだ。

信長は父信秀の死などを通してすでに十代にして人の一生の儚さを感じていた。どうせ短い一生なら死など怖れることなく、自分の成し遂げたい夢に向かって思いっきり美しく生きてやろうと思っていた。こうした人生哲学と「敦盛」の一節がぴったりと符号したのだった。

信長は低い声で「敦盛」を吟じ始めた。

それに連れて所作もゆっくりと舞う。

序々に声は高くなり、舞もすばやく激しくなっていった。

生駒方の打つ切れのよい鼓の音が響く。

人間《じんかん》　五十年……
下天のうちをくらぶれば……
夢幻のごとくなり……
ひとたび生をうけて……
滅せぬ者の有るべきか……

「下天」とは仏教の教えの六欲界のひとつで、五百年の寿命時間を指す。つまり、「人間」人の世の五十年という時間などは、下天の時間でいえばたった一日ほどの夢幻のような時間に過ぎない、という意味である。

信長は「敦盛」を舞い終わると満足したようにゆっくりと息を整え、生駒方と小姓に鎧直垂《よろいひたたれ》と小具足を付けさせた。そして、三方に載せた杯を取り生駒方の酌で酒を飲み、立ち上がると杯を投げつけて割った。出陣の覚悟を表す合図である。

「腹ごしらえをする。湯づけをもて」

「はい」

生駒方が用意していた飯椀を信長に渡し、土瓶から湯を注いだ。

信長はズズっと音を立てて胃の腑に流しこんだ。

「奇妙と茶筅はどうしておる」

信長が子供たちのことを聞くことなど初めてのことだった。

生駒方はこのたびの出陣がただならぬことを感じたが、つとめて平然と答えた。

「はい。二人ともいたって元気でございます」

信長は頷き、力強く言った。

「参る」

「ご武運を」

「うん」

歩きはじめた信長の背に向けて生駒方は普通けっして言わない言葉を口にした。

「御身大事に……」

「馬鹿め……」

信長は一瞬歩みを止めたが、振り返りもせず舞うような足取りで大広間を去って行った。

京に進軍する途中だと思われていた今川義元だが、この度の尾張侵入は果たして京に入洛して天下に号令することが目的だったのかは、はなはだ疑問であった。なぜなら京までの経路上にある織田氏は無論のこと、斎藤氏、浅井氏、六角氏など名だたる大名に何の連絡、調略も施した形跡がないのである。

では、入洛でなければ何が目的で尾張に進軍したのか。一の目的は先年織田に奪われたままになっていた大高城の奪還が目的だった。二の目的は奪還後、織田領内に侵攻し、あわよくば大阿呆の噂の信長を滅ぼそうと企んだのではないだろうか。つまり、義元はいずれ実行する入洛のための行軍試験、はたまた、地ならし的な意図だったのではないだろうか。

しかし、ここに自信家義元の油断が生じた。

信秀亡き後の尾張なら、この程度の進軍で滅ぼせると高を括ったとしか思えない。義元は元来優秀な大名である。今川家は鎌倉時代からの駿河の守護であり、義元は十一代目にあたる。三男（五男とも）に生まれたために僧になるよう寺に預けられた。その寺の住職であった太原《たいげん》雪斎《せっさい》に学問を習い聡明であったという。兄たちが次々に死に、還俗して惣領の座が回《めぐ》ってきた。義元が継いだころの今川家はそれほど勢力があったわけではなかったが、義元が近隣大名との争いの後、北条氏、武田氏と三国同盟を結び、治世も良く豊かな国へと造りあげた。一方、武将でありながら次第に雅な京文化を好み自ら公家風の衣装や化粧をするなど血筋の良さを自慢し、人を見下す態度が多くなった。良くも悪くも、こうした性格すべてがこの尾張進軍の時の義元の態度だったといえるだろう。

いずれにしろ、清須城評定の数時間後。

降りしきる豪雨の中「海道一の弓取り」といわれた今川義元は圧倒的な軍勢で尾張侵攻したにも関わらず、尾張の大阿呆織田信長軍の奇襲を受け、皮肉にも雅《みやび》さの欠片もない桶狭間の中の、まるで泥田のような渓合「田楽狭間《でんがくはざま》」で討ち取られた。

## 六、青年絵師

信長が尾張平定と美濃攻めで苦闘しているころ、京都を中心に畿内地方で最も権勢をふるっていたのが三好長慶《みよしながよし》だった。

管領細川晴元の臣下で将軍足利義輝を押し立てて実権を奪い取り、領国は畿内から四国の阿波を含めて八ヶ国を支配していた。

ところが、この実力者が永禄七年（一五六四）四十三歳で頓死してしまったのだ。そこで家を継いだ養子の義継《よしつぐ》は父の霊を弔うため、京の大徳寺境内に塔頭「聚光院《じゅこういん》」を建立することにした。

この聚光院の障壁画制作は長慶と元信が懇意だったことからも当然のように狩野家に依頼された。

すでに元信は世を去り、惣領は松栄《しょうえい》（直信の雅号）になっていた。

聚光院の障壁画を描く部屋は六室あり、室中《しっちゅう》、檀那《だんな》の間、礼の間、衣鉢《いはつ》の間、仏間、書院となっていた。恒例でゆけば室中、檀那の間は惣領が手がけるのが恒例だが、松栄はそうはしなかった。二十歳になった新進気鋭の絵師となった嫡子永徳に譲ることを決心した。

弟子たちの帰った画室でひとり永徳は墨の色の研究をしていた。

さまざまな墨を磨っては和紙に描いてみると色は無限だった。

そこへ父の松栄が入ってきた。

「おお、精がでるのう、源四郎」

墨の色に夢中になっている永徳は父の顔も見ずに言った。

「父上、墨というものは凄いものですね。何処の誰が作ったのでありましょう」

松栄は永徳の傍に座った。

「そうやなぁ。墨の起源など考えてもみなかったが、遥か昔の唐の国の誰かじゃろうのう。我が国では彼《か》の弘法大師さまが唐から製法を持ちかえったと聞いておるがの」

「空海さまですか」

「そうや。今はほとんどが奈良で作っておるな」

永徳は筆を走らせながら言った。

「このごろはこの油煙墨が流行っているようですが、私は古い松煙墨の方が好きです」

「そうか。古墨やな、じゃが、松煙でも油煙どっちにもええところがあるから使い分けやろな」

「そうですね」

松栄は居を正し、あらたまって言った。

「ところで源四郎。話があるのじゃ」

「はい」

永徳は筆を休め松栄に向き直った。

松栄は永徳の眼を見つめて言った。

「実はな、豊後国《ぶんごのくに》の大友家から障壁画の依頼がきてな、わしが直々に出向かねばならなくなったのじゃ」

「九州ですか」

「そうじゃ、九州や。遠いところじゃから制作に二年は掛かろう」

「なるほど、それにしても二年も」

「ああ、そこでや、今度の聚光院の室中の襖絵、お前に任せたいと思うとるんや」

永徳にとって驚きの言葉だった。

聚光院本堂は方丈建築の基本形、前列三室、後列三室の構成である。室中とは前列の真ん中にあり、仏陀の教えを説法し、法事を催す本堂の中心部である。

永徳は大きな眼をさらに丸くして言った。

「えっ、それでは、それでは父上の立場がございません」

「よいのや、立場など」

「しかし。みなが承知しません」

松栄は軽く手を振った。

「まったく描かないのやない。礼の間と衣鉢の間はわしが描く」

「では、私は仏間か書院を描きます」

「いや、室中と檀那の間じゃ」

永徳は驚いたように言った。

「表の中心絵を私に」

松栄は微笑みながら言った。

「そうじゃ。これをお前のお披露目にしようと思っておるのや」

松栄は若い時から自分は三男だし、絵の実力から見ても狩野派の家督と惣領を継げるなどとは夢にも思っていなかった。しかし、父元信に温厚な性格と真面目さを買われその地位を譲られた。そのうえ、卓越した資質を持った息子に恵まれる幸運を得た。

この息子の才能を最も分かっていたのは他ならぬ松栄だった。だからこそ早く永徳を惣領に立て自分は陰の補佐役に回り、狩野派を盛り立ててゆこうと思ったのである。

「お披露目？何のですか」

永徳は聞いた。

「惣領や」

「えっ」

「わしはなぁ。隠居しようと思っているのじゃ。早くお前に家督を譲ってな」

「隠居なぞ、まだ早うございます」

「いや、そんなことはない。お前もすでに元服を済まし、十九歳になったやろ」

「はい」

「そやかて明日、明後日という話ではないで。聚光院の絵も完成するのに二年はかかろう。その合間で機会が良い時期を見計らってのことや」

永徳にはすでに父松栄の絵の力量が曽祖父正信、祖父元信には遠く及ばないことは分かっていた。それでも、狩野派惣領という重責を務めながら、周りに何を言われてもぐちひとつこぼさず常に謙虚で真面目なこの父が大好きだった。そして、父が自分をいつも愛し宝物のように扱ってくれていることに感謝していた。

父の思いを受け止めた永徳は明るく言った。

「父上がそこまでお考えなら、よう分かりました」

松栄は嬉しそうに言った。

「うん。それでええ」

松栄は話題を変えるように言った。

「ところでな、源四郎。嫁をもらえ」

「嫁ですか?」

「狩野家の惣領となるからには奥がおらんと形がつかへん」

「は、はい。そやけど、そんなおなごはんおりません」

「それがな、おるんや。土佐家の光茂さまの外孫でお佑という娘がおってな。今年で十五歳になるんや。実は前から考えておった娘じゃ」

「おゆう」

永徳はいまだ会ったことのない娘の姿を想像した。

土佐家はやまと絵師の名門だった。日本絵画にはおおよそ三つの流れがある。ひとつは古代印度や中国から伝わった密教《みっきょう》曼荼羅《まんだら》図に代表されるような仏画の流れ。もうひとつは平安時代ころから始まった宮廷、寺所や庶民の風俗を描くような源氏物語絵巻に代表される日本独特のやまと絵の流れ。そして、平安後期から鎌倉時代に中国より伝わった唐宋元画を基礎にした雪舟に代表される漢画、いわゆる水墨画の流れである。

狩野派はこの流れの中に入る。主にやまと絵は朝廷や貴族が好み、水墨画は武家や禅宗派寺院で好まれる傾向にあった。

土佐家は平安から続く朝廷の天下絵所の地位を続けてきた家で、室町時代に入って光信、光茂親子が出て隆盛だった。狩野家との繋がりは始祖正信が土佐光信の娘を娶ったことで親戚関係になった。つまりこの二つの家の結びつきはこの時代の絵画界の主流を形つくり、やがて権威となっていったが、重要なことはやまと絵と漢画水墨画が融合され外国のものまねでない新しい日本画が出来つつあったということである。

特に狩野派の絵画にその特徴が顕われていた。

狩野松栄が永徳に土佐光茂の孫娘を娶わせたのはこうした家の結びつきをさらに強めたいという背景があったのである。

永徳がお佑に会ったのは聚光院の障壁画制作に入る数日前、伏見にある城南宮《じょうなんぐう》という広い神社の梅林の中だった。

永徳はどうしても今度の絵に梅の木と花を描き入れたかったのだ。

そこでこの古い神社の梅林が見事だと聞いたので写生をするためにここに来ていた。

梅の花特有の甘い香りに包まれて、上方に鋭く伸びたり、漂うように垂れ下がる梅の枝の玄妙な形に永徳は画帳と筆を持ったまま見とれていた。

「ゆうでございます」

若い女の声がしたが永徳は梅の木に夢中で聞こえなかった。

「あのう。……源四郎さま。土佐家のゆうでございます」

ようやく声に気づいて永徳は振り向いた。

長い髪を後ろで束ね、やや地味目な鶯色《うぐいすいろ》の京染めの小袖を着た美しい娘が立っていた。

永徳は一瞬、梅の花に止まる鶯の化身が現れたのかと錯覚しぼんやりと見ていた。

お佑は眉の濃く、眼の大きい小児のような永徳の呆けた表情がおかしくて微笑んだ。

ようやく永徳は眼の前にいる娘が現《うつつ》の女だと気がついた。

「気づかんかった。梅の花があまりにも美しかったもんで堪忍してや」

「ほんな、ええんどすえ」

「あんたはんが鶯の化身にみえたんや」

「そんな上手《じょうず》いうてからに」

「上手やおまへん。ほんまや」

お佑は梅の枝にそっと触りながら言った。

「おおきに。ほんまに。梅は美しいどすな」

「はい。これをどうにかして写しとろうと思ったんや」

しばし、二人は梅林を縫う石畳みの小路を歩きながら語らった。

「佑殿も絵を描くのですか？」

「小さいころから仕込まれてますが、わたくしは才がないようどす」

永徳はお佑に向き直って言った。

「そんなこと分かりませんやろ。今度、佑殿の絵を私に見せておくれやす」

「いやどす。源四郎さまはきっと笑いますえ」

「そんな。けっして笑いませんわ」

「いえ。きっと笑います」

たわむれのような言い合いを繰り返して二人は笑い合いうちとけた。

歩きながら永徳はすこしうつむいて言った。

「私は絵を描くことしか知りまへん。せやから、あなたはんが心安う一生を送れるかどうか分かりませんのや」

「心安く……」

「そや、わしは約定できへんのや」

お佑はわずかに微笑を浮かべ、そして言った。

「この梅の花かて寒い時に耐えて暖かくなると咲きます。それもわずかな時だけどす。それでもまた来年咲きます。女も暖かい時が少しでもあればそれで幸せなんどす」

なんとこの娘は賢い子なのだと永徳は思った。

二人はしばし談笑しながら梅林の小道を歩き続けた。

「今度の絵には佑殿を描き入れたいと思いますんや、いいか」

「わてを？ そなことをしたら絵になりまへんえ」

「佑殿の姿をそのまま入れたりするということではないんや」

「どうするん」

「鳥にするんや」

「鳥ですかいな？ そりゃええなぁ」

「そうやろ、うぐいすや」

「梅にうぐいす、つまらんなぁ」

「そうか、つまらんか……」

真面目に応える永徳をお佑はおかしくて口を押さえて言った。

「戯れ言で申したんどす」

「なんや、戯れ言かいな」

二人は顔を見合わせて笑った。

この日からお佑は永徳の生涯に付き添う人になった。


聚光院の室中の「四季花鳥図」の構想が固まったのはそれから遠くない日だった。その日から永徳は後世に残る傑作を約一年半を要して完成させた。

春を表現する襖絵では梅の大樹を構図の中心に置き、さまざまな野鳥がさえずり、川には数羽の鴨が泳いでいる。

梅の木の枝は高い理想に向かって進んでゆく永徳の心を映し、水面と鳥たちの動きには若々しい感性と満々たる覇気が画面の枠を突き抜けてほとばしっている。

そして、すべての生物を生かす大地は力強く、点在する岩は狩野派の正信、元信、松栄を暗示し、梅の太い幹にとまる二羽の鳥は永徳と伴侶となったお佑と己を表現しているようだった。

この室中を飾る「四季花鳥図」は若い永徳の天稟が見事に花開いたことを告げる傑作となった。

永徳が松栄から任されたもうひとつは檀那の間であった。

永徳はここに「琴棋書画図《きんきしょがず》」を描いた。

松や欅などが生繁る巨岩、巨壁に囲まれた東屋や小亭で琴、囲碁、書、絵画を楽しむ人々を描く唐宋水墨の伝統的画題である。

若い永徳はこれまでの幽玄な山水の中で士君子が四芸をしているだけの表現には留まりたくなかった。つまり、約束の対象を均等に描くのではなく主役を圧倒的な巨岩、巨壁にしたのだ。

この挑戦は良かったが、やや意欲だけが空回りしたきらいがある。しかし、それは青年絵師永徳の価値を下げるものではなく、むしろ、観る人にこれまでの日本画にはない新境地を切り開く絵師の登場を予感されるものだった。

永徳は今回任せられた聚光院障壁画では祖父元信の遺作、霊雲院の同画題を研究、吸収し、特に岩の表現を踏襲しながら自分なりの表現を模索した。

その意図は自分に愛情を注いでくれ、偉大な絵師でもあった尊敬する祖父元信と父松栄に対する万感の思いと感謝の意を捧げた作品でもあったのだ。

# 七、天下布武

永徳が聚光院の障壁画制作に入ったころ、美濃攻めのために清洲城から小牧山城に移っていた信長は父信秀、傳役平手政秀に続き、またしても悲しい別れを迎えようとしていた。部下の木下藤吉郎が長良川に墨俣の一夜城といわれた砦を築き、美濃勢の追い落としに成功したころ、最愛の側室生駒方が流行り病を発症し三十九歳の命を終えようとしていた。戦場視察に出向いていた信長が急いで城に戻ってきて生駒方の枕元に座った。奇妙丸と茶筅丸、幼い徳姫が悲しそうな顔をして座っていた。

普段でも白い生駒方の顔が蝋のように白く変わり果て眠っていた。

信長は顔を近づけ声をかけた。

「るい。帰ってきたぞ」

信長の声に気がつき、帰りを待っていたかのように生駒方は薄く眼を開けた。

信長はつとめて明るい声を上げた。

「おお、覚めたか」

生駒方はゆっくりと白い手を差し伸べた。信長はその手を両手で包み込み言った。

「るい。わしを一人にしてはいかんぞ」

生駒方はわずかに微笑みを浮かべ一筋の涙を流した。

「……いつも、あなたさまのお傍に……」

「そうじゃ、それでよい」

生駒方はわずかに微笑んだ。

「……こどもたちを……」

そして、再び何も言わず静かに眼を閉じた。

信長は怒ったように叫んだ。

「命令じゃ。るい、眼を開けよ。るい、命令じゃ」

今、家中で信長の命令に逆らうような者は誰ひとりとしていない。しかし、生駒方だけは背き、その閉じた眼をもう永遠に開くことはなかった。

信長は生駒方の肩をゆすり、あり得ないという表情を浮かべた。

そして、たまらず叫んだ。

「薬師をよべ。はよ薬師を」

あわてたように薬師（医師）が来て、生駒方の腕の脈をとった。

「なんとしても生き還せよ。どんな褒美でも与える。なんとかせよ」

信長は薬師のそばで叱咤しつづけた。

しかし、薬師はしばらくして無念な表情を浮かべか細い声で言った。

「……ご臨終でございます」

信長は怒ったように立ち上がりいきなり刀を抜き、まるで嘲笑う死神を切らんとするように叫んだ。

「きえ〜い。きえ〜い」

薬師は眼をむき、恐ろしさで腰を抜かしたように後ずさりした。

「きえ〜い。きえ〜い」

「母上。母上」

臨終を告げられた子供たちの悲しげな声を聞きながら信長は、自分の運命が開いていく度にどうして愛する者が離れていくのだろうと思い続けた。


翌年、信長はもうひとり愛する者を手離さなければならなかった。

妹の市姫である。戦国一の美人として有名なお市御寮人のことである。

実は、市姫は信長の実の妹ではない。父信秀の弟信康の末娘である。つまり信長にとってお市は叔父の娘であるから従姉妹にあたる。

幼き時より可愛く美しいお市はことのほか信長に可愛がられ十四歳のときに手がつき男の子を産んだ。信長の四男於次丸《おつぎまる》である。

ちなみに、もっとも織田家の血を濃く受け継いだといえるこの子は長じて子供がいなかった秀吉が信長に頼みこんで猶子とした羽柴秀勝となる。豊臣家には秀勝という名が他に二人存在したため、この秀勝は「於次秀勝」と呼ばれる。

信長は上洛を果たすためにどうしても味方にしておかなければならない北近江小谷城主浅井久政の嫡子賢政（長政）と婚儀を結んで親籍となることで同盟を結ばねばなかった。いわゆる政略結婚である。

信長には側室に産ませた娘「五徳姫」「冬姫」もいたがまだ幼く、長政に釣り合う年頃の娘がいなかった。そこで苦肉の策として側室となっていたお市を妹という身分にして浅井長政に嫁がせることにしたのである。

小牧山城に主城を移していた信長は久しぶりにお市のいる清須城に赴いた。

「市、おったか」

お市は赤ん坊を抱いて（於次丸）あやしていた。

「上様はいつもいきなり現れるのですね」

「これ、わしをお化けのように申すな」

美人の誉れ高いお市はその美しい顔を赤ん坊に頬擦りしながら言った。

「於次丸、お前のお父はお化けじゃぞ」

信長は笑いながら於次丸を覗きながら言った。

「おう、おう、大きくなったのう。於次のお父がお化けなら於次の母はお化けと交合《まぐあ》ったということになるぞ」

お市は頬を紅くして横を向いた。

「知りませぬ。上様など」

「ははは……」

信長は真面目な顔になった。

「市、頼みがあるのだ」

お市は乳母に於次丸を渡し、信長に向き直った。

「何でございましょう」

「嫁に行ってもらいたい」

お市はふたたび驚いて言った。

「えっ、なぜ（側室の）わたしが……」

「お主しかおらんのだ」

「いやでございます。わたしはずっと上様のそばに居とうございます」

「分かっておる。よおく分かっておるが、わしの妹として役に立ってもらいたいのじゃ」

「妹に……」

「側室として嫁に出すわけにはいかんじゃろう」

「それはそうでございますけど……」

「近江小谷山の浅井賢政のところじゃ」

「おうみおだにやま……あざい、かたまさ？」

浅井長政はそのころ隣国の六角《ろっかく》義賢（承禎《じょうてい》）と同盟していたことで、偏諱《へんい》を貰い賢政と名乗っていた。

「そうじゃ。歳はちょうど二十才。なかなかの好男子と聞いておる。わしよりもよいかもしれんぞ、市」

「そんな男がいるはずがありませぬ」

お市は幼き時より、横暴だがいつも優しい心使いをしてくれる信長を愛していた。だから成長してから信長の手が付き、女にしてくれたことが嬉しかったのだ。まして、男の子まで産んだことで母にもなり、いつまでも信長の傍にいたいと思っていた。

お市は凛として聞いた。

「でも、その婚儀は上様のお役に立つのですね」

信長は澄んだお市の瞳を見ながら言った。

「むろんじゃ。行ってくれるか」

お市も信長の瞳を見つめ、ゆっくりとうなずいた。

「許せ」

信長はお市をしっかりと抱きしめた。

「市は、市は何でもよいから上様のお役に立ちたいのです」

「ういやつじゃ。じゃが、どうしても賢政が嫌いになったらいつでも清須に戻ってもよいのだぞ」

「かたじけのうございます。でも、わたしはお役を全ういたす所存です」

この時、この政略結婚が後に悲劇の物語に終わるとは、信長もお市も想像もしていなかった。

永徳の聚光院の障壁画が完成してから二年後、永禄十一年（一五六八）三十五歳になった織田信長が将軍候補の足利義昭を擁して上洛した。

簡単に上洛したというが桶狭間の戦から八年の月日を費やしていた。その間、信長は斎藤義龍、龍興親子と戦い、ついに美濃を平定した。軍師沢彦の助言により主城稲葉山城のある井ノ口を岐阜と改め、初めて天下統一の意思を表した言葉
「天下布武」

を宣言した。

そのころ丁度よく、将軍の血筋を引く足利義秋が信長の元に庇護を求めて転がり込んできた。

義秋は十二代将軍足利義晴の三男に生まれたが将軍を継ぐ可能性が低いため一乗院門跡《いちじょういんもんぜき》となっていた。ところが、あの永徳に名を贈った兄の将軍義輝が三好三人衆と松永久秀に謀殺されたことによって、俄然、将軍になれる機会が巡ってきたので還俗し、細川藤孝らに担がれ越前の守護大名朝倉義景を頼り上洛する夢を描いた。

ところが、藤孝がいくら上洛を促しても義景は動かない。ついには見限り、このころ、一番上洛する可能性があり、勢いのある岐阜の信長を頼ったのである。その斡旋をしたのが明智光秀である。

明智光秀は美濃国守護土岐氏につながる一族の出で、少年時代を通して道三に可愛がられた。道三亡き後諸国を放浪し、持ち前の軍学の知識や教養を生かして朝廷周辺で働いた後、朝倉義景に仕えた。そのころ足利義秋将軍擁立の活動をしていた足利幕府家臣の三淵藤英、細川藤孝（幽斎）が朝倉義景を訪ねてきた。三人と出会い意気投合、足利将軍家再興のために行動を共にしていた。

光秀と藤孝は将軍擁立の後ろ盾になる力のある大名と目星を付け越前朝倉義景を頼ったが、義景は三人を食客として遇したが、肝心の将軍候補として義秋を擁立して上洛することに対してはなかなか腰を上げなかった。

埒があかない光秀は自分を仕官させてくれた義景に恩はあったが、室町幕府再興という大義を持って朝倉家を辞去したのである。

そして藤孝、藤英と協議し、美濃を手に入れ日の出の勢いでのしあがってきた信長に仕えたのである。

信長としても上洛を果たす時に朝廷内部の人脈と儀礼を良く知り、将軍になる資格を持つ義秋を擁する光秀と藤孝は高禄で雇う価値があったのだ。

ではなぜ信長は尾張と美濃二国を平定しただけの大名でありながら天下統一の高い理想を持ったかである。

ひとつは父信秀と義父斎藤道三がいずれ京に上り天下に号令する夢と野望を持っていたことを知っていたので、その意思を継ぐ堅い思いがあったことである。

もうひとつは信長という人間の自意識からくるものだった。

哲学と言ってもよい。

信長は美しいものが好きだった。自分の姿、行動は無論のこと、自然、人間、世の中であれ美しくなければならないと思っていた。ただ、それはこれまでの社会通念で美しいというものではなく信長だけが想像できる美意識だった。

その美意識とは強力な武断政治と文化の融合である。

一口で言えば天下、世の中の「新しい秩序と調和」だった。

それを生み出すためにはひたすら自分の哲学と感性に従い余計で無駄な部分をできるだけ排除、切り捨て究極の美を追い求め創りだすものだった。

この行為はひとつの芸術作品を創りだす作業と同じで、自分を信じ、何ものにも妥協を許さない強固な意志を必要とする孤独な作業でもあった。

信長は「天下布武」を掲げた時にはすでに自分の創る美しい天下のおおよその理想の姿が見えていたに違いない。それは天下を舞台に自分の華麗な芸術を表現するという壮大な夢であり、それを支えるのは芸術家特有の利己主義的理念だった。

したがって、人の思考や行動を縛ってしまう古い権威、古い考え、慣習、を非常に嫌ったのだ。しかし、当然のことながら、この信長の高邁な理念を理解できるものなど一人としていなかった。

当時、いくら信長が力を持った大名になったといっても、尾張、美濃を統一したばかりの成り上がりであり、武力だけで上洛し天下に号令することはいくら戦国の世でも無謀なことであった。

天下が納得する形をとるには天皇の宣旨と形骸化してはいたが、足利幕府の権威がまだ必要なことを信長はよく分かっていた。また、この形をとったところで簡単には従わない大大名や寺社勢力がいることも分かっていた。

だから、三河の松平元康（家康）の嫡子信康には五女の徳を、甲斐の武田晴信（信玄）には四男の勝頼に養女百合を嫁がせ、越後の上杉輝虎（謙信）中国の毛利元就などの実力大名には書状、金品を送るなどして細心の配慮をしていた。しかし、宗教を盾に既得権益を保守しようとする古い権力、浄土真宗石山本願寺や天台宗比叡山、浄土宗一向衆などの宗教集団に対しては徹底的に弾圧したのである。

兵六万人という圧倒的な軍隊を持って上洛した信長は京を我がもの顔で支配し、あの永徳に名を贈った十三代将軍義輝が意のままにならないということで暗殺に及んでいた権力亡者の三好三人衆を圧倒的な武力で追放した。この騒乱の中で三人衆が担いでいた十四代将軍足利義栄《よしひで》が急死したので、さっそく光秀と藤英、藤孝に命じて朝廷工作して勅許《ちょっきょ》を取り付け、義秋から義昭に名を変えた義昭を十五代征夷大将軍に着座させた。

望みの叶った義昭は狂気したように喜んだ。

「信長を父とも兄とも思う」という言葉を贈り、副将軍就任を奨めた。朝廷も弾正忠から上位の官位を授与したが、信長はいずれも丁重に断った。なんと欲のない人だと思われたが信長はそんな地位に価値をまったく置いてなかっただけのことである。

# 八、二人の天才

朝廷は専横を極めていた三好三人衆を追い払い、京衆《まちしゅう》に乱暴狼藉などしない軍隊規律が厳しい信長とその軍団を歓迎した。あいつぐ戦に厭《いと》していた京衆は新しい英雄を待ち望んでいたのだ。信長にとって、父信秀が過去に内裏造営に対して莫大な献金をしていたことも、その息子ということで朝廷の心証を良くすることに有利に働いた。

京滞在中の信長は正親町天皇謁見《おおぎまちてんのうえっけん》や将軍就任宣下式、治安安定や税徴収のための行政指導など非常に忙しかった。そのうえ、信長に従うことを拒否し続ける近江の六角承禎の叛乱鎮圧なども指揮した。

一方、時間に余裕があると京の文化財の鑑賞を楽しみにした。

それにはある目的があった。

信長は京奉行に任じた明智光秀を呼び尋ねた。

「画工が観たい。どこがよい」

いつもの唐突な質問だった。

光秀は自分が評価している障壁画を思いついた。

「は。絵でありますか。では、妙心寺霊雲院か大徳寺聚光院の襖絵がよろしいと思います」

「であるか。案内せよ」

「かしこまりました。案内役に幕府御用絵師、狩野永徳にさせますので。一度、挨拶をお受けください」

信長はいらつくように言った。

「挨拶などいらん。その場で会えばよい」

「されど、狩野は朝廷にも繋がる格式のある御用絵師でござるゆえ、今後のこともありますのでそれなりの礼を尽くさせたほうがよろしいかと」

信長はあきらかにいらつき始めていた。

「光秀、くどい。わしは絵が見たいのじゃ。格式のある絵師を見たいのではない」

光秀は助言が入れられず信長を怒らせてしまった。

「かしこまりました。手配いたします」

数日後、信長の聚光院の障壁画鑑賞が執り行われた。

この時初めて同時代に生きた二人の天才の顔合わせが実現したのである。

聚光院の室中で永徳が待っているところへ見たこともない臙脂色《えんびいろ》のビロードのマントをはおり、漆黒の胴着を付けた信長と陣羽織姿の光秀が入ってきた。

永徳は深く礼をした。信長は何も言わず、しばらく無言で忙しく歩きまわったり、じっと興味深く襖絵に見入ったりした。やがて信長は永徳の前にどかりと座った。

光秀がさっそく永徳を紹介した。

「こちらに控えしは幕府御用絵師狩野家惣領狩野右京介永徳でございます」

永徳は緊張していたが深く頭を下げ、落ち着いて言った。

「狩野永徳でございます。以後、お見知りおきください」

天才は天才をよく知ると言われるが、信長は襖絵を見ただけで永徳が絵画の天才と見抜いたのである。

信長は手で周りを指し示しながら言った。

「これらの絵はお主が描いたのか？」

信長が発する人間の迫力は凄いものがあった。

その迫力に押しつぶされまいと思いながら永徳は答えた。

「はっ。みどもと父松栄でございます」

「何歳になる？」

「二十六になります」

信長はややかん高い声で率直に褒めた。

「見事である。京に上り今までに一番よいものを見た」

「おそれいります」

信長は身を乗り出して言った。

「永徳。お主に描いてもらいたいものがある」

「はっ。ありがたきしあわせ。で、何を？」

「京じゃ。京の町を描いてくれ」

これまで永徳は自分の名を授けてくれた将軍義輝に依頼され洛中洛外図を描いていた。

「はっ。かしこまりました」

信長は手を大きく広げながら言った。

「屏風だ。それも、でかい屏風がよい」

「かしこまりました」

「永徳。どう描く？」

少し考えた永徳は空の上から下界を覗くように言った。

「はい。雲の上から町を描きとうございます」

信長は手を顎に当てて言った。

「ほう、雲の上からか。雲が邪魔にならぬか」

「なりませぬ。鳥になりまする」

「鳥になるか。何鳥だ」

「は、鷹になりまする」

「ははは、鷹の目じゃな。おもしろい。わしも翼を持ってみたいものじゃ。のう光秀」

信長は鳥の翼をはばたくような仕草をした。

「は、まことに同感でござる」

いきなり振られた光秀は慌てて答えた。

信長は障壁画を眺め、

「だが、このたびは水墨ではだめじゃぞ。永徳」

永徳は京洛図と言われた瞬間から水墨画ではないと思っていた。

「はい。私もそう思いまする」

「では、どうする」

永徳は閃いた。

「やまと絵で使う金泥と岩絵の具を使いたいと思います」

信長は絵の出来上がりを想像した。

「金泥か。豪華な屏風になるな」

「はい。そうなります」

「よし。それでゆけ。永徳」

「どのくらいの時をいただけますか」

「ううん。三月《みつき》と言いたいが、半年やる。半年で仕上げよ」

「ははっ」

信長は永徳にそう言い渡すとマントを翻し風のように去った。

残った光秀が膝を進めながら言った。

「狩野殿、実は願いがござるがよろしいか？」

「は、何なりと仰せくださりませ」

「この屏風は越後の上杉輝虎殿に贈るものでござるので、将軍御所に上杉軍が拝謁《はいえつ》行列する場面を描いてもらいたいのじゃ」

「分かり申した。拝謁行列ですな」

「では、狩野殿、半年では厳しいとは存ずるが、頼みましたぞ」

「ははっ、有難くお請けさせていただきます」

永徳は下げていた頭をゆっくりと上げながら高揚し身震いするような感覚に襲われていた。信長を尾張のうつけとか田舎者などと陰口をする京衆が多かったが、永徳にはとてもそんな印象は受けなかった。むしろ、今まで出会った誰よりも爽快で強靭なしなやかさがあり、鮮烈な美しさがあった。そして、自分の美意識と相照らすものが感じられ、彼の存在そのものが新しい時代をもたらしてくれそうな気がした。

永徳は次の日から京の町の地図を持ち出し、まるで行政官が町割りをするように区分を決め、自分が写生するところを決定し、自分の行けない場所を腕の確かな門人を数人選び手分けして写生させることにした。

それらの場所ではできる限り高いところに登り町を描いた。小高い山があればそれでよく、無いところは寺の塔の上、屋根の上、半鐘やぐらの上だった。そのほか町の中に出かけ、人々の暮らしの姿を写生した。

永徳はこれまで風俗画を描いたことがなかったので、古いやまと絵の絵巻や草子絵を数多く見て模写もした。

そこにある人々の表情や動きは活き活きとし生命感に溢れていた。

自分が学び培ってきた唐宋水墨画とは違う自由な表現があり、おおいに刺激を受け参考とした。

すべての準備が整うと永徳は一気に描き始めた。御所や寺社が建ち並ぶ洛中洛外で人々が暮らし往路を行き交う京の町の情景を俯瞰した構図だった。

これを永徳は説明的ではなく、描き入れたい建物や町の情景だけを描き、それ以外の空間を思いっきり大胆に雲で省略した。それは淡く移りゆく白い雲ではなく金泥を使った眼もくらむような黄金色に輝く雲だった。まるで町より雲が主役と見まごうばかりの絢爛豪華な雲であった。

町の建物は象徴的で、人々はあくまで具象的に主張されている。

その具象と大胆な省略という抽象が見事な緊張感を生んでいる絵となった。この大きな屏風に表現された世界観は、これまで誰も見たことのない新しい時代の到来を示唆している傑作となった。

あたかも織田信長という新しい権力者の登場によって世の中が変わることを告げているよう

だった。

信長はこの完成した屏風絵「洛中洛外図」を見て、永徳に描かせた自分の判断が正しかったことを確信しおおいに満足した。そしてその後、永徳に何対も描かせ、各地の有力大名に贈った。その意味するところは自分が王城の護衛者であり、暗に天下の支配者でもあることを分からせるためだった。

一番に越後の上杉輝虎に贈った。信長は強力な軍団を持つ謙信を刺激することを恐れると共に地政学的に利用したのだ。

謙信はこれまで二度、難なく上洛を果たしていた。朝廷からの叙任と幕府から地方守護任官である関東管領を受ければそれで良しとし、天下に号令するというような野望は持っていなかった。

つまり、謙信は中世的体制の秩序維持を重んじた人であった。そこで信長としては謙信に対しては同じ価値観を持った人間だと思わせ、屏風絵と同封した封書で「朝廷と足利将軍を庇護し、貴方に代わって王城を護っているのです」と記し、同盟までゆかなくとも良好な関係を築き、おとなしく地方に留めておく必要があった。

もうひとつ地政学的に利用したというのは、謙信が信長に対し軍事行動を起こさないで越後及び関東にいることは当面の敵である越前の朝倉義景の背後から牽制してもらえる効果があったということと、動き出したら義景などよりはるかに恐ろしい敵となる甲斐の武田信玄の背後の牽制にもなるということだった。

謙信は乱れきった世の中の秩序を取り戻すという同じ価値観を持つような感じのする信長が見事な「洛中洛外図」屏風絵を贈ってきて自分を尊重し、御門《みかど》の存する京を護るのであればそれはそれで良いと納得したと思える。

あの聡明な謙信が屏風絵ひとつで信長を信用したとまでは思えないが、信長の意図どおり謙信が行動を起こさなかったという事実が、永徳の描いた屏風絵の素晴らしい説得力を物語っていないだろうか。

信長は政治の場面で茶の湯を効果的に用いていたことから分かるように、芸術の持つ不思議な力を理解し直感的に自分の天下布武のもうひとつの大きな力として利用できると感じていたに違いない。

ここに政治的天才信長と芸術の天才永徳の必然ともいえる出会いの価値があった。

永徳が盛んに「洛中洛外図」を制作しているころ、信長に歴史的な面会があった。キリスト教カトリックイエズス会のルイス・フロイス、ニエッキ・オルガンチーノが信長に布教の許可と保護を求めてきたのである。

キリスト教は天文十八年（一五四九）に鹿児島へポルトガル船に乗ってやってきたフランシスコ・ザビエルが布教を始めてから二十年が経っていた。すでに九州の平戸、長崎、豊後、中国地方の山口などに南蛮寺と呼ばれた教会が建てられ、布教活動は活発化していた。

ザビエルはイスパニアのバスク人でパリ大学で神学を修め、同学のイグナティウス・ロヨラらと共にイエズス会を設立した。この会はそのころ欧州で吹き荒れていたマルティン・ルターの宗教改革に対抗するように設立された反動的行動カトリック宗教集団だった。

大航海時代の先駆者と称えられるポルトガルの航海王子エンリケ皇太子に近づき、海外に布教活動を求めたイエズス会を代表してザビエルはインドのゴア、バタビア、寧波を経由して、未開の地日本にやってきた。自身はわずか二年余りの滞在だったが日本に与えた宗教的な影響は無論のこと、文明文化的な影響は計りしれない。

ザビエルの意思を継いだイエズス会は時の権力者にのし上がってきた信長に取り入り、保護してもらうことで日本での布教を確かなものにしたかったのだ。見返りはエウロパと呼ばれていた欧州を中心にした世界の新しい情報と珍しい文物や医術、工作技術などの提供だった。

新しいもの好きな信長にとってこの条件は魅力的だった。即座に布教の自由と保護をオルガンティーノとフロイスに約定した。

神仏を信じることなどなかった信長は彼らの教えるデウスという神も信じなかった。しかし、古い権益を主張し現世利益《げんせりえき》にしがみつき女犯する堕落した僧侶たちより信長は外国人のバテレンたちの方がよほど清廉に感じられたのだろう。バテレンがもたらす珍しい文明文化におおいに興味を引かれた信長はさまざまな知識を吸収し、自ら西洋の衣装を着たり、音楽を聴いたりした。

信長はこういう文明を創った西洋の政治体制にも興味を持った。

バテレンの話すローマ教皇が支配する体制にはさほど関心を示さなかったが、古代ローマの共和制と帝政の話になると身を乗り出して聞き、質問をし続けた。

「貴族や市民を代表する元老院という組織がどう機能したのか」

「どのようにして皇帝が支配する体制になったのか」

という質問だった。

あえて言えば教皇は天皇、貴族は朝廷、元老院は織田家重臣団、市民は堺や博多の商人になぞらえた。そして、たったひとりの皇帝とは信長自身が目指す近い将来の姿だった。

こうした信長とバテレンの会話の場や市中見学の際、永徳は必ず同席、同行するよう信長に命じられた。そして、信長は永徳に南蛮船の出入港の情景や南蛮人の市中見学の様子を描いた南蛮屛風を盛んに描かせた。

ある日、南蛮船が浮かぶ港を眺めながら信長が脇に控える永徳に聞いた。

「南蛮異国をどう思うか？」

「はっ、見るもの聞くものすべてが面白うございます」

「どこが面白い？」

「まず、あの船の形が美しうございます」

「形だけか」

「いえ、その船を操って遠い異国まで渡ってくる術と勇気に感じいります」

「何のためだと思う？」

「デウスという神を広めるためと商いのためかと」

「その神とはそれほど値打ちのあるものなのかわしは分からんが、商いをすることによって南蛮の進んだ技法や珍しい物をもたらし、代わりに我が国で産する金銀を持って行こうとしているのじゃ」

「金銀を」

「そうだ、金銀だけではなく、あわよくば国そのものを奪うつもりなのだ。そうなったらこの国の人は奴隷となる」

「奴隷、まさか、そうなのですか？」

「国と国とはそういうものじゃ」

「一皮剥けば恐ろしい者たちでございますな」

「だが、そう簡単に国を奪われるわけにはゆかん。わしと我が軍団があれば奴らも手を出すことはできん」

「はい」

「むしろ、いずれはわしが大船を造り朝鮮はもとより大明国から天竺《てんじく》、もっと先のエウロパまで攻め上ってやろうと思うのじゃ」

「おお、破天荒な夢でございますな」

「天下布武」とは信長の壮大な夢だったのだ。

永徳もまた外国の珍しい文化に触発されて「洛中洛外図」で用いた技法をさらに発展させていった。

信長と永徳の美意識が生んだといえるこうした「洛中洛外図」や「南蛮人遊楽絵図」などの屏風絵は華麗で斬新な着想のうえに異国文化を取り入れて、いずれ成熟する独特な安土桃山文化の基礎になっていった。

# 九、茶の湯

永禄十三年（一五七〇）信長は将軍となった足利義昭のために、当代一と言われていた大工池上五郎衛門を起用して新しい将軍御所を建ててやった。

その御所の庭園を造るにあたり信長は、細川邸の庭にあった古くから伝わる藤戸石という巨大な名石を大人数を動員して運ばせた。

その石を移動する日、信長は自ら現場監督を務め陣頭指揮した。まるで能舞台に登場するシテのような衣装を着て旗を振ったのだ。巨石を綾錦というきらびやかな布で包み、花を飾り立て何本かの大綱をかけて引かせた。周りには笛、太鼓、鼓で囃したて、にわか祭りのような賑やかさだった。

京の人々は鮮やかな装飾と赤、青、黄、緑などの色の氾濫と音楽の洪水に驚き喜んだ。そして、この婆沙羅《ばさら》ぶりを見て初めて信長という人間の大きさと面白さを感じ喝采を送った。

信長はこのイベントの主演、総合演出を果たし、人々の心を掴んだのである。このことを通しても信長がただ軍事や政治だけの天才でない独創的な総合芸術家だったことが分かる。

一方、永徳は将軍御所の障壁画を担当したが、正親町天皇御所の修復工事に伴って発生した障壁画制作も手がけた。信長に重用される永徳には富裕な貴族や信長旗下の部将たちにも襖絵、屛風、扇子の果てまで依頼され注文が殺到していた。今や若い永徳が率いる狩野派は他派の追随を許さないほど隆盛を迎えていた。

しかし、これだけの注文をこなすためには一つの作品に時間と労力をかけられないという深刻な問題も起きていた。そこで永徳はこれまで一人一点制で描いていた方式を改め、信長の軍団を参考にした分業制を考えだした。絵柄の方針を決めるのは惣領の永徳だが、下描き、本描き、仕上げと門人、弟子たちの役割を決め流れ作業的に制作してゆく方法である。これによって作業効率は格段に良くなったが作品の質は粗くなり落ちざるをえなかった。

永徳は狩野派を率いてゆかねばならない責任の重さと個人として芸術の質を追究してゆかねばならないという信念の間で悩んでいた。

また「洛中洛外図」を制作中、京の町の方々へ出かけた時に眼にした路上の貧しい人々や病人の群れが頭から離れず、自分が極めようとしている芸術と過酷な現実の社会の関係をどう考えたらよいか分からず苦悩していた。

ある日、永徳は堺から京に入っていた茶道の大家田中宗易を訪ねることにした。

堺は摂津の小さな湊町ながらこの数十年、明国との独自貿易で多くの豪商が生まれ自治都市として繁栄を極めていた。この町の富に対して朝廷も貿易認可権などを通して税を課していた。権力者となった信長も当然この堺の富を見逃すはずもなく、自治権を認める代わりに莫大な上納金的な税を要求した。信長はお金だけではなく堺の貿易力、鉄砲製造とその技術の独占、そして、茶道文化と茶道具の名品を欲したのである。

ここに登場したのが田中宗易だった。田中家は堺の魚問屋で商人仲間では中位くらいの存在だった。幼名は与四郎、身体が大きく、持ち前のゆっくりとした動作が落ち着いた雰囲気を作り、自然に周りの大人たちに認められる資質があった。

宗易は若いころより茶道の先達である村田珠光《むらたじゅこう》や武野紹鷗《たけのじょうおう》に師事し茶道を修めて極めていた。堺に対して過大な要求をしてくる信長には茶の湯を通して繋がり、堺の外交官的役割を今《いま》井宗久《いそうきゅう》と共に果たしていた。

このころ五十歳を越していた宗易は茶道に禅の精神を取り入れ、簡素静寂《かんそせいじゃく》を基本とする茶道、侘茶《わびちゃ》を完成させていた。

永徳は屋敷というより簡素な町屋のような宗易の家の座敷に通されて、手入れの行き届いた水打ちされた小さな中庭を眺めていた。

ほどなく宗易が現れ丁寧な挨拶をうけた。

宗易は和やかな表情で言った。

「お久しぶりでんな。永徳はん」

永徳は半年前の茶会に招かれて信長に宗易を紹介されていた。

「はい。宗匠。ご無沙汰ばかりしておりました」

「いや、いや、たいそうお忙しいと聞いておりました」

永徳は頭に手をやりながら答えた。

「はい。まったく忙しさにかまけております」

「若いときはそのくらいでええのです」

永徳は宗易の懐石料理のもてなしを受け、世間話などをした後、茶室に移ることになった。

待庵という茶室に渡る石畳の脇には朝顔の花がたわわに咲いていた。その清楚な色に永徳は日々の忙しさを忘れて心が洗われていくような気がした。

身をかがめ茶室の躙口《にじりぐち》から中に入ると、狭い二畳の間で宗易はすでに待っていた。

「どうぞ。こちらへ」

「かたじけのうございます」

永徳は作法にのっとり膝をすすめた。

宗易好みの丸みを帯びた鉄釜から湯気が昇りたち、その湯を汲んで宗易は悠々と茶を点てた。永徳は仄かに甘い「おふやき」という菓子をいただきながら茶が点てあがるのを待った。障子戸から淡い光が差し込み、釜に沸く湯の音がかすかに聴こえてくる静けさの中、茶室はわずか二畳だったが、どこまでも広がる大きな空間を感じさせた。

宗易が穏やかだが凛とした声で言った。

「永徳はん。すこし遊びなはれ。遊びはいろんなことを教えてくれます。せやけど、どんなに遊んでも芸の道は精進しとかなあきまへんで。まして、あんたはんのように、そういう星の下に生まれた者は魁《さきがけ》として誰よりも精進せんならんのや」

永徳が来訪したことで宗易は永徳が悩んでいることをすべて理解しているようだった。

「はい。分かっておるつもりでしたが……」

「ただ、周りのものに捉われておると自分というものがなくなってくる。すると本質《もと》が解らなくなる」

「では、どうすればよいのでしょう」

「ひとつに集中することじゃ。さきほど食べた「おふやき」の味と香りが解ったでしゃろ」

「はい」

「よけいなことを考えずただのお菓子「おふやき」に集中していたから味が解ったのじゃよ」

「なるほど……」

「ははは、まあ、お悩みなされ。ぎょうさん悩めば、それはいつか芸として返ってきおります」

「おふやき」という菓子も宗易が考案したもので、小麦粉を練って少しの砂糖を投入して焼いたものであり、これが茶道におけるお茶請けの干菓子《ひがし》となった。他に昆布を干して焼いた菓子も考案したが、このころには未《いま》だ生和菓子はない。

宗易は点てた茶を静かに差し出した。

永徳は抹茶茶碗を手に抱き、淡い緑色をした薄茶を一気に飲み干した。程よい渋味がきて、やがてほんのりと甘い香りで口の中が満たされた。

「結構なお手前でございます」

宗易はゆっくりと礼をかえした。

永徳は腰を折り素朴な茶碗を愛でるように眺めながら聞いた。

「これはまことによい景色ですが、名のある碗でございますか」

「いや、いや、高麗物《こうらいもの》じゃが、わしが「三島《みしま》」と名付けましたんや」

「う～ん、私にはただの碗にしかみえませんが、手にぴたっとくるというか、手ざわりがとてもええと感じます」

「そうでっしゃろ、そもそもこの碗は朝鮮の農民が使うていた茶碗ですがな。せやからええんや」

「なるほど、そこが宗匠のいわはる侘び寂《さ》びということですな」

「まあ、そういうこっちゃな。天目茶碗のような唐の帝室が焼かせた術を凝らした物もええが、暮らしに使うだけという目当てでこさえられた物には余計な作為がおまへん。使いやすい、丈夫、その単純素朴さを愛でるのが侘び寂びの極意ということですな」

「単純素朴、簡素の美ですか……」

「そういうことやな」

「なるほど、三島。覚えておきます。おおきにありがとうございました」

永徳は礼をしてそっと器を畳に戻した。

茶碗は朝鮮の庶民が使う雑器だったが、日本に渡ると宗易の茶の湯の師である北向道陳《きたむきどうちん》や武野紹鴎などがその質朴なさまを賞賛した。すると、いつのまにか名器となって伝わっていた。さらに宗易が使うと価値が増した代物だった。

そもそも陶器は生活具でもあり祀祭具《しさいぐ》でもあった。つまり機能美と祈りや思いや夢が込められた造形だったのである。その造形美が人のこころを打つのである。

宗易は軽い礼を返しながら言った。

「永徳はん、あんたはんの画工は何を目指しているんですかな」

「はあ、生意気ですが、しいて言えば誰も描いたことのない境地に辿りつきたいと思っております」

「ほう、それはいわば、芸における天下ですかな」

「はい、そうかもしれまへん」

「説教くさい話やけど、権力というもんは儚いもんやな。平清盛入道は一代、鎌倉の源氏はわずか三代で滅びた。そやけど芸の道は魂やから、けっして滅びんのや」

芸術の持つ価値を訥々と語る宗易の話を聞きながら永徳は悩みが徐々に薄れてゆくのを感じた。

「もう一度、自分の画工を見直してみとうございます」

宗易は頷きながら違う茶碗を出してにこやかに言った。

「もう一服いかがじゃの?」

「はっ、所望いたします」

宗易は二服目の濃茶を点てながら話題を変えた。

「信長さまも越前攻めでご苦労なさっておるそうな。あのお方はどの道に進まれても超一流を極められる器をお持ちじゃ」

若い永徳は信長を尊敬していたのでやや意気込んで言った。

「上様には一つだけの道では足りないのではありまへんか」

宗易は軽く微笑んだ。

「そやな、確かにどれだけの器やら測りしれへんお方や。一日でも早く天下布武を成し遂げられて文芸によって統治する国を作ってもらいたいものじゃ」

「文芸で国が治められますでしょうか？」

「そりゃ、武や財の力で治めるより難しいことですやろな。じゃが、あのお方ならできるかもしれへん」

宗易さまも信長が好きなのだと感じ永徳は何故か嬉しさが込み上げてきた。

「ほんまに私もそう思います」

二人は越前攻めに遠征している信長にしばし思いをはせた。

# 十、将　軍

そのころ、信長は越前金ヶ崎城から供を数人連れ単騎で危険な山越えをして京を目指していた、というより逃走していた。

上洛勧告に応じない朝倉義景を討伐するために織田、徳川連合軍が越前に遠征したところ、同盟していた北近江小谷の浅井長政が朝倉方に寝返ったのである。もし挟み撃ちにされたらさすがの織徳連合軍も総崩れになる恐れが大きかった。

信長の決断は早い。

即座に撤退を命令し、自分だけは軍隊を残し一足先に戦場から離脱したのである。

自分の命ひとつが惜しくてとった行動ではない。

信長には「自分は唯一の世直しをする者、あるいは改革者だ」という自負があった。他の誰にもこの立場をとって代われる者はいないのだ。だから、志半ばでこんな越前の地で命を落とすわけにはいかない、と思ったのである。

脱出する馬上で信長は美丈夫な義弟長政を評価していただけに裏切りを許せないと思い続

けた。

政略結婚だったとはいえ妹のお市を嫁がせ実の弟のように可愛いがり、いずれは自分の片腕にしようと思っていた長政が裏切ったのだ。父久政のただ朝倉との義理を取った固陋《ころう》な決断に従ったまでで長政の意思ではないとは思った。

長政は浅井家の将来と妻と四人の子供たちのことを考えても信長に味方したかったであろう。それなのに古い義理を重んじ、滅びてゆく朝倉家と運命を共にする道を選んでしまった。

勝手に滅びていくのは構わない。しかし、この愚かな決断は己の権益だけを守るのが大事だという古い考えや古い流儀がまかり通る閉塞感漂う時代を変えることができず、天下統一をもって新しい秩序を創り、人々が行き交い活き活きと生きられる世の中にするという改革者を窮地に落とし入れ、時代を逆行させてしまう重大な裏切りだった。

この思わぬ寝返りによって招いた撤退戦は多くの犠牲者を出したが最も危険なしんがりを木下藤吉郎が受け持ち、徳川家康軍の協力を得ながらなんとか窮地を切り抜けることができた。

信長の怒りは凄まじく、軍の態勢を立て直し、この年の夏、近江の姉川を挟んで織田、徳川連合軍が浅井、朝倉連合軍を激破し敗走させた。この戦をきっかけとして数年後、浅井氏も朝倉氏も抵抗戦を続けたが、やがて竃の火が消え去るように滅亡した。

この時、長政は落城する前に妻のお市と三人の娘を信長に返してよこした。この娘たちの長女がお茶々、後に秀吉の側室となる淀殿である。

姉川の戦い後の信長は休むことなく中世の亡霊のような仏教寺の討伐に乗り出した。まず大坂の浄土真宗石山本願寺と戦端を開始し、比叡山天台宗延暦寺を攻め焼き討ちにし、僧侶はじめ門徒衆三千人を殺戮した。

そして、信長は潰したかったひとつの権威の廃止に手をつけた。

信長のお陰で将軍になれた義昭は初め、信長を下にも置かぬ気の使い方で接していた。

信長の京滞在中の決まった屋敷がないので、天皇に働きかけ建設許しをもらって屋敷を贈り恩に報いるようなことまでした。しかし、所詮、信長と義昭の趣味は合わず、義昭の好みで造ったこの余計なお世話のような屋敷を信長はまったく気に入らず一度も使うことはなかった。

そのうち、義昭は将軍になる望みは達せたが、何の権限も持たせられない信長の傀儡《かいらい》のような自分の立場が分かってきて不満を募らせていく。義昭はどうしても自分の思いどうりにはならない信長を除いてもらおうと秘密裏に各地の有力大名に手紙を送り、打倒信長包囲網を作ろうとした。

義昭はまだ将軍家の威光は依然あると信じていた。将軍が直々に手紙を送れば大名たちはありがたく思い、上洛を果たし信長が三好三人衆を追放したように信長を滅ぼしてくれるだろうと策謀したつもりだったのだ。ところが、義昭の思惑に呼応してくれる大名はなかなか現れなかった。

信長はこうした浅はかな義昭の策謀の動きを知っていたが黙って見ていた。もともと岐阜城で出会ってから、この将軍になりたくてしかたがない坊主あがりの男を少しも評価もしていなかった。三百年以上続く足利家の血筋でありながら、どこにも品格が感じられず、むしろ、性根が卑しく見えるのである。信長としては上洛する口実のためと、とりあえず世情安定のために必要だったから将軍に据えたが、本人が勘違いを始め天下布武の邪魔をするようになったのではいずれ切り捨てるしかない運命の男だった。

正親町天皇に披露する京の桜馬塚で執り行われた織田騎馬軍団の調馬訓練見学の時のことだった。

鎧を着けた部将たちに操られ、金覆輪の房をつけた馬が並足で次々に登場してきた。

招待されていた義昭が公家のような立烏帽子を被り、扇子を広げ男にしては妙にかん高い声で叫んだ。

「ひょう、これは見事じゃ。見事じゃ。美しいのう」

信長はバテレンのような南蛮胴着にマントをはおった軽快な服装で黙って馬軍を睥睨《へいげい》している。

義昭は追従するような言い方をした。

「父殿。今や織田軍に勝るものなどどこにもおらぬのう」

信長は答えず、鋭い眼で馬の動きを注意深く観察している。しばらく黙ったが義昭は間が持てなくなって、お付きの者に用を言いつけた。

「ちと、暑いのう。日傘をもて」

「はっ」

お付きの者が日傘を持ってきて義昭の頭上にかざした。

義昭はいらだち怒って金きり声を上げた。

「これ、父殿の傘もじゃ。まったく気が利かぬのう」

信長は先般の趣味の悪い信長邸の件を思い出し、それも含めて不機嫌にはき捨てるように言った。

「いらぬ。いらぬ気遣いじゃ」

義昭はしゅんとしたが、信長の言葉使いに次第に怒りが出てきた。

「い、いらぬ気遣いじゃと?」

信長は鋭い眼を送ったが黙っていた。

義昭はせいいっぱいの将軍の威厳を示そうとして、かん高い声で言い放った。

「しょ、将軍たるわしに向かって無礼であろう。信長」

二人の周囲に居並ぶ者たちはまるで人形のように固まった。

信長は馬軍に片手を静かに挙げて合図を送った。一瞬にして馬軍は動きを止めた。聞こえるのは馬のいななきと鼻息だけだった。

信長は凍りつくような眼で義昭に向き直って低い声で言った。

「将軍?無礼というなら将軍を辞めよ」

「……や、やめよ……」

信長の迫力に義昭は眼を丸くして縮こまった。

所詮、役者が違い過ぎた。

信長にはもはや斟酌《しんしゃく》もなく、凄みのある低く透る声で言った。

「よいか義昭。お主が何を画策しているかすべて分かっているのだぞ。一度だけは許す。もう一度やったら何もかも失くすと思え」

義昭はへなへなとその場に座り込んだ。

信長は馬場に向き直り、静かに手を挙げると豪華な馬軍団は再び見事に動き始めた。

このことがあってから、義昭は信長が幕府や将軍などの権威を何とも思っていない男だとようやく理解した。それなら黙って将軍の地位に座っていることを選ぶのかと思いきや、あにはからんや、少しも懲りずに前にも増して信長非難と上洛を促す手紙を方々に送り、終いには三好党の謀臣松永久秀と組んで挙兵する愚挙にでた。この乱は信長に簡単に鎮圧され、天皇の仲裁によって命だけは助けられた。

そうしているうちに、この執念になったとしか思えない義昭の上洛呼びかけについに動いた大名が出た。それは信長が最も恐れていた男、甲斐の武田信玄だった。信玄上洛の報を受けた義昭は気が狂ったと思うほど涙を流し喜んだという。

元亀三年（一五七二）春、満を持して甲府を出た信玄は遠江の三方ヶ原で織田同盟の徳川家康の軍と戦った。最強と言われた武田軍団は評判通り強く、徳川軍を苦も無く敗った。あまりの強さに野戦が得意な家康でさえほうほうの態《てい》で浜松城に逃げ帰った。

岐阜城にいて、この報を受けた信長は家康にわずかな援軍を送っただけで、さすがにこの時だけは迎え撃つ作戦を考えることでせいいっぱいだった。

ところが数日で上洛してくると思われた武田軍団がなぜかぴたりと止まり動かなくなったのである。

時代が信長に味方したとしか思えない。

信玄が途上三河の帷幕《いばく》の中でにわかに病を発し、齢五十二歳で息を引き取ったのである。

結果的に言えば、信玄は謙信との五度に渡る川中島の戦いにこだわり過ぎたことと、周辺国、家臣団への気配りと掌握に時間を費やし天下を望む機会を失ったのである。信玄がもし信長のように最初から天下に号令をかけることを目的にしていたらもっと早い時期に確実に上洛を果たしていたであろう。それが直線的に上洛を果たした信長と面的に地固めしてから上洛しようとした信玄の違いであり、思考と気質の違いでもあった。

主を突然失った最強と言われた軍団はそのまま信玄の死を伏せて意気消沈して甲府に戻って行った。

義昭にとってそれは狐につままれたようで天国から地獄に突き落とされたようなものだった。

間もなく信長は将軍の行為を縛る最後通牒「十七条の異見書」を突き付けた。

仕方なく一度は手打ちをした義昭はまたしても懲りずに挙兵した。が、征夷大将軍の欠片さえもない悪あがきのような叛乱は織田軍団の部将が乗り出すまでもなく苦も無く鎮圧された。

さすがに正親町天皇はあきれ果て、もう仲立ちにも入らなかった。そして、ついに信長は殺す価値もないと思ったのか鶏を小屋から追い出すかのように、将軍義昭を京周辺から追放した。ここに百八十年に及んだ足利幕府は名実ともに滅び、室町時代が終わりを告げたのである。

# 十一、安土城

まだ完全ではなかったが、信長の天下布武は半ば成し遂げられようとしていた。

世の中は二百年続いた足利将軍が居なくなり新しい支配者織田信長の時代となったことで気分が変わり、明るい開放感が漂っていた。信長が施策した楽市楽座も大きな要因だった。市も座も一部の商人などの特権のことで、その既得権益を取り払った規制緩和政策が楽市楽座である。自由に誰でも商売できるようにすれば、世の中の風通しが良くなり明るくなるのは当然のことだった。

ざっくりと言えば、こうした時代の空気感が安土桃山時代だと言っていい。

永徳は信長に二条の屋敷に来るように言われた。永徳が出かけて行くと、大きな広間に信長と部将丹羽長秀、蒲生氏郷と大工棟梁の池上五郎左衛門が待っていた。四人の前には城の模型が置いてあった。他に祐筆の武井夕庵、記録係の太田牛一が同席していた。

永徳が入っていくと奥から信長が手招きした。

「永徳。どうだこれは」

永徳が挨拶をしようとすると信長が急かすように言った。

「えい、挨拶などよい。これを早く見てみよ。今日よりここに集まった者は挨拶など抜きじゃ。よいな」

「ははっ」

全員が頭を下げた。

信長はもともと挨拶を好まない。特に長たらしく堅苦しい小笠原流室町礼式を嫌った。本当の合理主義者なのだ。

さっそく永徳は城の模型に顔を近づけ観察するように見て聞いた。

「これが安土の城でございますか?」

信長はいつになく真剣に言った。

「そうじゃ。どう思う、永徳」

「はぁ。これは」

永徳は建築設計については門外漢だったが、信長は永徳の審美眼で見た城の外観の印象を聞きたかったのである。

「はっきり申せ。永徳」

天正三年（一五七五）信長は琵琶湖の東岸の安土に築城することを決定した。設計を池上五郎左衛門にまかせ図面と城の模型が出来あがったので、普請に関係する者を呼び集めて評定していたのである。

永徳は少し威儀を正して言った。

「今までにない威容だと思いますが、形はこれまでの城とあまり変わりがなく面白くありませぬ」

「で、あるか」

信長はやや不満そうに応えた。

初老の大工棟梁池上は永徳を鋭い眼つきで見て言った。

「狩野殿のお言葉ながら、面白くないとはどこを指して言われるのですかな？」

永徳ははっきりと言った。

「全体です」

池上は考え込むように慎重に言った。

「建物は均整が大事でございます。特に城は大きいゆえ構造上ただ奇抜、面白いだけでは危のうございます」

永徳は言った。

「確かに構造を危うくするものでは良くありませぬ。しかし、城はただの建物ではありませぬ。そこを統治《おさ》める人の思いの象徴が城やと思うのです」

信長が切り裂くような声で言いきった。

「その通りである。今度の城は安土の陵に建つ平山城である。今まで誰も見たことがないものでなければばならない。民人が一目見て、世の中が変わったと思えるような城にしたい」

中世の城郭は敵から護るための山城が多かった。室町時代末期になって城はようやく稜の上や平地に建てるようになった。安土城は四方どこからでも見えるように敢えて平山城にしたのである。

普請奉行の丹羽長秀が感動したように言った。

「なるほど。上様がお住みになる城はそうでなければなりませぬな」

かまわず信長は永徳に聞いた。

「では、どうする。永徳」

「はい。天守の柱や板壁の色を朱く塗り唐様《からよう》にしたいと思います」

今まで城の壁といえばおおかた白か黒であった。さすがに信長も意外そうに言った。

「ほう、唐様か」

永徳は身振りを交えながら言った。

「全て朱ではございません。金と碧も多く使います。縁取りは黒。黒漆がよろしいかと思います」

信長が愉快そうに言った。

「永徳。お主、すべて見えておるな？」

永徳も明るい声で答えた。

「いえ、まだ天守の形が見えておりません」

今まで黙って聞いていた普請副奉行の蒲生氏郷が言った。

「上様。天守は南蛮寺の形ではいかがでしょうか？」

氏郷は近江日野城主蒲生賢秀の嫡男で信長の小姓あがりの文武に優れた青年部将である。後に伊勢松坂、さらに秀吉時代には会津百万石を有する大名となる。

信長はお気に入りの氏郷が意見を述べたので嬉しそうに言った。

「南蛮寺のう。忠三郎（氏郷）は面白いことを言うわ」

「おそれいります」

氏郷は嬉しそうに頭を下げた。

丹羽が笑いながら言った。

「しかし、いくらなんでも南蛮寺とは。寺社の反発を買いまする。それは無いのではないか」

永徳が思案するような言い方をした。

「いや、待ってくだされ。無いとも言えません。組み合わせとしては面白いかもしれませぬ」

棟梁の池上はもはや追い付いてゆけぬとでもいうように首を振った。

何かに気づいたように信長が小姓に命じた。

「お蘭。地球儀をもて」

「はっ」

信長の後ろに控えていた森蘭丸が返事をして奥に下がった。やがて、蘭丸と弟の力丸と坊丸三人で木材と金具で固定された大きな球体を重そうに運んできた。バテレンからの贈り物だった。信長は立ち上がって球体を子供が遊ぶように楽しそうにくるくると回した。皆その姿を唖然として見ていた。

信長が言った。

「これが何か分かるか？」

皆、首を傾げた。

「これは地球儀といってな、我々が住んでいる地球という星の模型だ」

氏郷が言った。

「おお、大地は丸いのでございますか」

信長は丸い地球の一か所を指した。

「そうじゃ海も丸い。そして、我ら日本人はここに棲んでいる」

それは小さな島の図だった。

この時代、日本とか日本人という概念があまりなかった。ところが信長はバテレンに宇宙や地球のなりたちを聞き、地球が球であることや日本の地理的位置などもすぐに認識できた人間だった。

信長は地球儀をくるりと回して反対側の大陸を指して話を続けた。

「バテレンたちはこのエウロパというところからはるばる大海を越えて日本にやって来るのだ。それもデウスとかいう神の教えを伝えるためにな。えらいもんだと思わぬか。その象徴が南蛮寺なのじゃ」

信長の話に皆、呆然として聞き入った。

「だが、バテレンたちに出来て我らにできぬはずはない。わしはこんな小さな日本を早く統一して、朝鮮、明国、天竺、エウロパなど海の外に出てゆきたいのだ」

信長は海の外の異国に乗り出て行くと言うのだ。

壮大な夢だった。

永徳はいつかこの壮大な信長の夢を絵に描いてみたいと思った。

感激した氏郷が頬を紅潮させ言った。

「私もキリシタンとなって言葉を覚え、上様にどこまでもお供したいと思います」

「わは、は、は、忠三郎はキリシタンになるか。通詞になるか」

信長は豪快に笑った。

氏郷はこの時の信長の話に影響を受けたせいか、後にキリスト教に入信しレオンという洗礼名をもらい、有名なジェスト高山右近などと共に代表的なキリシタン大名となった。


安土城の図面が出来上がり、基礎工事が始まったのは天正二年（一五七四）の春だった。

設計は伝統的な設計思想から脱せない池上五郎左右衛門から、信長の故郷尾張熱田神宮の宮大工棟梁岡部又右衛門に交代させていた。

石垣は穴太衆《あのうしゅう》に依頼し、安土山はじめ近隣の山から大石が切り出され工事に入った。

信長は先年細川邸から将軍御所へ大石を運んだ時を遥かに超えた一大イベントにして、三日間ほとんど夜も寝ずにその演出、監督を務めた。動員された人数は一万人を超え、普請奉行丹羽長秀、副奉行蒲生氏郷は勿論のこと、各部隊を羽柴秀吉、滝川一益に指揮を執らせ、昼夜を通して大石を運ばせた。それを見物していた人々は「そのさまはまるで山も谷も動くばかりだった」と言ったという。

城郭の高さは約三十二米、南北四十二米、東西三十四米、出来上がると世界最大の木造高層建築だった。外観が五層で内部は七重の構造設計で、六重、七重目が天守閣にあたる。安土の天守閣はあえて天主閣と呼んだ。それはバテレンの信仰する神の呼び方のひとつデウスが転じて、キリシタンたちが天主様と呼んだことにちなんでいる。これは信長がキリスト教に帰依したというものではなく、新しい時代になったことを示すための象徴としたのである。しかし、信長の真意はこの国の王、あるいは神のいるところという意味を込めた呼び方だったのだ。

天主閣の意匠は金閣寺や銀閣寺に見られる禅宗様式と中国伝来の唐様を基本にして最新の感覚である異国情趣南蛮風を取り入れていた。

最上階の七層目の外装は黄金に輝き、六層目はすべての柱や壁が朱に塗られ豪壮絢爛を極めた。こうした和漢の様式に西洋様式を加えた考え方は「婆娑羅」とも呼ばれ、時代の先端を行く前衛（アバンギャルド）そのものだった。

永徳は内部装飾の総監督で責任者を任せられた。

天主閣の七重目は「天子南面す」という天子創生の中国故事に由来した正方形で、道教、儒教の教義を表し、柱、天井は黒漆に塗られていた。

六重目は斬新な正八角形で宇宙を示していた。柱や天井はすべて朱漆に塗られ、昇り龍、下り龍の彫刻がほどこされ地獄から天国へ至る仏教観を表していた。

安土城の内部構造の特徴は地階から四階まで吹き抜けになっていることだった。それをめぐるように諸座敷が配置され、信長が好んだ能楽などを演じる舞台もあった。部屋の柱や長押は黒漆塗りで中には金や朱で彩色されて、壁と襖は永徳が描いた金碧障壁画で装飾される眼も眩むような豪華な空間だった。

各階のすべてに画題（テーマ）が設定されていた。それは狩野派が伝統としてきた唐宋水墨画から選定され、永徳の天才的な解釈と自由闊達に躍動する絵筆から魔法のように生み出された燦然と輝く作品群だった。

六階（七重目）三皇・五帝・老子・文王・太公望・周公・孔子・孔門十哲・商山四皓
五階（六重目）釈迦説法十大弟子図・天人・龍図

四階（五重目）能楽舞台（松図など）
三階（四重目）岩の間・龍虎の間・竹の間・松の間・鳳凰の間・御鷹の間など
二階（三重目）花鳥の間・賢人の間・麝香の間・仙人の間・駒の牧絵の間など
一階（二重目）梅の間・鵞鳥《がちょう》の間など
御成り御殿　三国名所図
江雲寺御殿　日本各地の名風景図

そこには建築同様、日本にはかつてなかった前衛的な美意識による極彩色と日本の伝統的な渋い色調が合いまった小宇宙が現出していたのだった。

新鮮な解釈と斬新な発想、それを表現するための新鮮な感覚と技法、永徳の絵画は芸術に必要なこれらの要素をすべて備えていた。それらは革命家ともいえる改革者信長が求めている感性と一致し、信長の魂と響きあったのだ。

天正七年（一五七九）内装の障壁画がほぼ完成したころ、天主閣七重目に信長と永徳がぐるりと囲む独創的な絵を眺めていた。

南面に描かれている孔子の絵を鑑賞しながら手をうしろに組んだ信長が感慨深げに言った。

「できたの。永徳」

「はい。できました」

永徳は信長のうしろに控え、達成感に満ちた表情で答えた。短い会話だったが二人だけが解りえる思いが溢れていた。

信長はまるで天に向かって宣言するように語った。

「わしはこれまで数えられないきれないほどの人を殺めてきた。それはわしの命があるうちにこの国を変えねばならんと思ったからだ。人は愚かだから古い己の縄張りや利権だけを主張し、小さなこの国の中で争いを続けている。これらを早く壊して国を統一し、新たな秩序をもって国造りをしなければならない。この秩序を守るためには強大な武力が必要なのじゃ。バテレンたちも布教だけが目的ではない。あわよくばこの国を奪ってしまおうと狙っている。だからこそ異国から守る強い武力と強い権力の元で戦や殺し合いのない文治の国にしなければならないのだ」

永徳は鸚鵡返しに言った。

「文治の国」

信長は絵を指差して言った。

「そうだ。この魯の国の王周公や孔子が考えた国だ。ただ、その国を造り護るには仁天王のような強大な武力が必要なのだ」

永徳は信長が天主閣の絵の画題に孔子と周公を持ってきた訳が初めて分かった気がした。そして信長自身の軍事力は仁天王となって世の中のあまたの悪を睨み押さえつける力と捉えているのだ。

世間では信長を魔王とか鬼の化身と言うが、本質は戦乱を嫌い平らかな世を望む人なのだと永徳は思った。

「私も微力ながら上様の国造りにこれからもお力添えをいたしたいと思います」

信長は絵を見つめたままで言った。

「いや、微力ではない。お主の絵の力は武力ではないが。数十万の軍に匹敵するぞ」

永徳は信長が本当に芸術の価値を評価し、信長自身も芸術家なのだと改めて感じた。

「いたみ入ります」

信長が振り返って言った。

「永徳、子は何人になった」

「はっ。三人おります」

信長が小姓の力丸に言いつけた。

「あれを持て」

力丸が黒漆の大きな箱を持ってきた。

一緒に信長に呼ばれていた明智光秀も入ってきた。永徳は光秀に向かって深くお辞儀をすると光秀も丁寧な礼を返した。

信長が聞いた。

「永徳、妻女の名はなんというたかな」

意外な質問に永徳は怪訝そうに答えた。

「はあ。佑と申します」

信長は黒漆の箱を指して言った。小姓がかけてあった袱紗をめくると金襴緞子《きんらんどんす》の反物があった。

「では、この織物を贈るゆえ、佑に持ってまいれ」

永徳は恐縮して言った。

「はっ。思いもかけぬことでございます」

「これはお主も知っておろうが京の西陣織である。狩野家の跡取りを三人も産んだ褒美じゃ」

西陣織は応仁の乱の後、明国から渡ってきた絹を素材として、京西陣に機織業が集まり明国の織技を取り入れ高級織物の評判高い品だった。

永徳は信長がそれほどまでに自分を評価してくれ、狩野派の将来にまで気を配ってくれてい
るのだと思い感激して言った。

「まことに、身に余ります」

様子を見ていた光秀が永徳に言葉をかけた。

「上様が西陣織を贈られるのは滅多にないことでござる。狩野殿がこの城の完成にひとかたな
らぬお力を尽くされたからじゃ。ゆえにありがたくお受け取られよ」

永徳は深く頭を下げた。

「はい。かたじけのうございます」

突然、信長がいつもとあきらかに違う低い声を発した。

「光秀。お主は何をした」

不意をつかれたように光秀は聞き返した。

「はっ。何をとは」

信長はやや声を大きくして言った。

「お主がこの城に何をやったのだと聞いておる」

光秀は床に手を付いて答えた。

「はっ？それがしは京を預かり、丹波攻めをやっておりましたので」

周りの空気がぴんと凍りついたと思えるほど信長は怒声をあげた。

「その丹波さえも攻略に手間取っておったのに、この城に尽くしたなどと、しゃらくさい言い方などするな」

信長の怒気を含んだ空気に押しつぶされたように光秀は頭を下げ続けた。

「はっ。お気に障りましたのなら、お許しくだされ」

しばらく誰も声を発する者がいなかった。

声色が変わった信長が光秀に聞いた。

「光秀、坂本はどうじゃ」

ようやく頭を上げた光秀は恐る恐るだったがしっかりと答えた。

「はっ。最初は苦労いたしましたが、今は農民、商人、職人たちも　民心が安定し、租税も順調に上がっております」

再び信長の声が低くなった。

「それもお主がやったことか」

光秀は慌てて信長を見て答えた。

「はっ？ あっいえ、すべて上様のご威光のお陰でございます」

「…………」

信長は光秀との相性の悪さは最初から感じていたが、人間性そのものは評価していた。部将として何を命じてもやりこなす高い能力、教養、たたずまいの良さなど能力は信長の幕僚の中では群を抜いていた。

自分の後継者は嫡男の信忠と決めていたが、その信忠を支えてゆける一番の人物は光秀だと感じていた。そのためには信長の統治の哲学を充分理解していないと天下人の補佐役は果たせない。ゆえに、未だに頭を切り替えられず古い体制から抜け出そうとしない光秀に対して（どうしてお主ほどの男が理解できぬのじゃ）と、歯がゆい不満を抱いていたのだ。

信長は少し意地が悪そうに言った。

「民人が自由に行き来できるようになると、そういう風になるのだ。お主の仕えた足利幕府では永遠にできなかったであろう」

「はっ、仰せの通りでございます」

信長は光秀を鋭く射抜くような眼で見たが、それでいて静かに諭すように話した。

「光秀。世の中を動かしている元を見極めよ。仕組みではないのだ。その仕組みを動かす上に立つ者の考え方が全てなのだ。分かったか」

「ははっ」

光秀は自分の考え方とは違うと思ったが、黙って頭を下げつづけた。

信長は永徳に向かって言った。

「永徳は分かっておろうぞ。であろう？」

永徳は独裁的に狩野派という絵師団を率いていたから信長の考えと同じだった。しかし、光秀を気遣い遠慮がちに答えた。

「はい。いささかながら」

信長は未だ成し遂げていない天下布武の想いをかけながら、四方の絵を指し示し、ゆっくりと腕をまわして言った。

「そうでなければ、これだけの質の絵は描けぬのだ。それを分かってもらいたいがためにお主を呼んだのじゃ。よく観るがいい光秀」

「ははっ、とくと観させていただきまする」

光秀は障壁画をじっくりと観て回り永徳の前に座り頭を下げた。

「狩野殿の力量、感服いたしました」
「恐れ入ります」

# 十二、唐獅子図

永徳の安土城の障壁画は多くの信長旗下の部将たちの間でも評判となり、それぞれの城の障壁画の注文が相次いだ。分業制を確立し、弟子も増やしていた永徳だったがとてもこなせる量ではなく、注文を無碍に断ることはできないが、いつ制作に入れるかどうかを約束することはできないほど忙しかった。

そんな忙しい日々を送っていた永徳の画房に賑やかな男が訪ねてきた。城持ち大名に出世した北近江長浜城の羽柴秀吉だった。

「よい、よい、構わぬでよい。永徳殿はおられるか」

廊下をせわしく歩いてくる音が聞こえたので永徳は筆を休めた。

弟子があわてて来訪を伝えた。

「惣領さま。羽柴筑前守様がいらっしゃいました」

「あい分かった」

弟子に返事する間もなく陣羽織を着た小柄な秀吉が戸口に現れ、十年来の知己と会った時のような満面に笑顔を浮かべた。

「おお、永徳殿。おられたか。秀吉じゃ」

永徳はそのまま座ったまま秀吉に向き直り礼をした。

「筑前守様、わざわざのお運びいただきありがとうございます」

秀吉は両手を気ぜわしく振って言った。

「いや、いや、こちらから勝手に押しかけたのじゃから気い使わんでな。まあ、まあ」

座ると秀吉は忙しく扇子をあおいで話し始めた。

「永徳殿、安土城の絵、上様に見せてもらいましたぞ。まことに感服つかまつった。見事。見事の一言でござる」

「お褒めの言葉、ありがとうございます」

秀吉は供をしてきた若い武士を紹介した。

「おお、これはのう、わしの小姓頭の木村縫殿助《ぬいのすけ》（平三）といいますんじゃ。先年滅んだ小谷浅井家の重臣木村永光殿の長男じゃ」

「木村縫殿助でございます」

永徳は驚いた。

「浅井の木村、おお、確か浅井の木村永光さまといえば我が祖父元信の門弟。そなた、その木村さまの長子とな。まことでござるか」

「はい」

誠実そうな顔をしている若者だと永徳は思った。

秀吉が得信がいったように膝を叩いて言った。

「やはりそういう血筋であったか。武士の子にしてはなかなかに絵の腕が立つと思っておった。これも縁じゃ。いっそのこと今日をさかいに永徳殿の弟子にしてもらったらええ。どうじゃ、永徳殿」

「はい。こちらに異存ございませぬ」

「では決まりじゃ。よいな平三」

「はぁ」

縫殿助はあきらかに戸惑った表情を浮かべた。

「なんじゃ、いやか」

「いえ、まだ殿のために働きとうございます」

「それならなおさらじゃ。永徳殿の弟子となって絵を習い、わしに尽せ。それがお主の務めじゃ」

「ははっ」

「よろしく頼みましたぞ永徳殿」

「こちらこそ、よろしくお願いいたします」

この時、永徳の弟子となった木村縫殿助が後の狩野派の絵師狩野山楽である。江戸幕府が成立したので狩野派も江戸に本拠を置くようになった時、京都に残された狩野派（京狩野）を率いたのが山楽である。山楽の養子山雪が継ぎ、一時代を築き江戸幕末まで続いた。後に永徳の画法はこの京狩野がもっとも色濃く受け継いだといわれる。

佑がお茶を持って入ってきて、しとやかにお茶を差し出した。

永徳が紹介した。

「妻の佑でございます」

秀吉は皺の多い顔に合わない愛嬌のある丸い眼を見開いて大仰に褒めた。

「おお、美しい。永徳殿の絵から飛び出してきたようじゃのう」

「おそれいります。どうぞごゆるりとなされませ」

佑が一礼をして去ってゆくと、秀吉はいかにも好色そうな眼つきで佑のふくよかな腰を眺めて、お茶をごくりと飲んで言った。

「妻女殿は宮廷の天下絵所の土佐家の姫さまじゃと聞いておりましたが、さすがに名門の出自、そんじょそこらの姫さまとは品格が違いますな」

さすが秀吉、人の家の内情をよく調べているものだと思いながら、永徳は謙遜して答えた。

「いや、いや、それほどではございませぬ」

秀吉はやや自重気味に話した。

「は、は、は、余計なことを申してしまった。わしは生まれが百姓のうえ、ほれこのとうり猿面冠者の容貌ゆえ美しい人を見るとな、つい感激してしまう性質なのじゃ。許されよ」

秀吉の言葉は謙遜ではなかった。容貌はともかく秀吉は後年になって自分の出自が卑賤なゆえか異常なほど高貴な出の女性を求めた。

永徳は手を振って頭を下げた。

「許すなど、とんでもございません。まして、お褒めいただきありがたいことでございます」

「そうか、そういっていただけるか」

秀吉はふたたびお茶をごくりと飲み、本題の話に入った。

「実はの、永徳殿。今わしは但馬《たじま》の鳥取に陣を張っておる。このままゆけば吉川経家《きっかわつねいえ》を降伏させ、その後は備中高松に行き毛利方の清水宗治《しみずむねはる》を攻めることになるじゃろうが、できれば毛利とは戦わずに手打をしたいと思っておる。そこでじゃ、その和睦の印として輝元殿に陣屋屏風を贈りたいのじゃ」

「はあ、陣屋屏風を……」

永徳は陣屋屏風という形を思い描いたので眼を宙に泳がせた。

制作期間を考えたのだと思った秀吉は慌てて手を合わせた。

「いや、狩野殿が忙しいのはじゅうじゅう分かっておる。しかし、何とか描いてもらえんじゃろうかのう」

秀吉は織田軍団の中で百姓の生まれながら信長の信任を得て急速に頭角を現し大名にまで取り上げられていた。

永徳はこれまで秀吉と何度か顔は会わせていた。一見、軽忽《けいこつ》に見えるが人の気をそらさず、いつのまにか相手を虜《とりこ》にしてしまう不思議な魅力を持つ男だった。事実、永徳もこの猿のような顔をした愛嬌のある男がなぜか嫌いではなかった。信長が気に入るのが分かるような気がした。

永徳は瞬時にこの人物とは好誼《よしみ》をつないでおこうと思った。狩野家という常に芸術の庇護者を求める画工の家に育った者が持つ、権力者を嗅ぎわける独特の勘であった。

城の障壁画の注文では今の制作状態からいって受けることは無理だったが、屏風なら受けられそうだった。

永徳は少し考えてからこころよい答えを返した。

「分かりました。描かせていただきます」

秀吉は腰を浮かし、満面を皺くちゃの笑顔にして喜んだ。

「えっ、そうか、描いてもらえるか？　いやぁ、ありがたい。秀吉、感謝、感謝じゃ。永徳殿」

「ただし、お願いがございます」

「おお、なんなりと」

秀吉は画料の要求かと思ったが、永徳の申し出は違っていた。

「画題をおまかせいただけますか？」

永徳は描いてみたいと思っていた画題があった。唐獅子図である。尊敬する祖父元信の唐獅子図を見てから、一度は自分なりの解釈を加えた唐獅子図に挑戦してみたいと思っていた。

秀吉はまるで自分が絵を描くような身振りでいった。

「いやぁ、それはもう、お好きなように描いてくだされ。天下の絵師狩野永徳が描いた屏風絵だということが大事なのじゃ」

本音をあけすけに言う秀吉が面白く、永徳は笑顔で礼を述べた。

「勝手をお聞きいただきありがとうございます」

「いやいや、こちらの方が勝手な願いをしたのじゃ。そのかわり画料はお望みのままにいたすゆえ許されよ」

「かたじけのうございます」

「ただし、上様よりは廉《やす》くしてくだされよ。はははは」

訪問の目的が叶えられ上機嫌の秀吉はまた冗談を撒き散らしながら賑やかに帰って行った。


このころ、永徳はもうひとつの屛風絵にとりかかっていた。完成した安土城と新しく出来上がりつつあった町並みを描いた「安土城町絵図」であった。

これは無論、信長の指示だったが使われる大きな目的があった。それはイエズス会のヴァリニャーノ神父が欧州に帰国することになり、神父の提案を受けた九州のキリシタン大名大友宗麟、有馬晴信、大村純忠《おおむらすみただ》が天正遣欧使節団を編成して、洗礼を受けた少年四人、伊東マンショ、千々石ミゲル、中浦ジュリアン、原マルチノをローマに送ることになった。

屛風絵はローマ教皇グレゴリウス十三世へ渡す信長からの贈り物にするためだった。それは極東に位置するジパングという島国にある安土城の威容を示すことによって、簡単に取れる国ではないと思わせることと、この国の文明の豊かさと、高度な絵画表現によって文化水準の高さを示すためのものであった。

一時、永徳は狩野派一門とともに安土に引っ越し、これまで描いた「洛中洛外図」や「南蛮人遊楽図」を元に黄金の国ジパングにふさわしく金箔、金泥、緑青、群青、珊瑚などの岩絵の具をふんだんに使って描きあげた。

後にこの豪壮絢爛な屏風絵は間違いなくローマに届けられ、バチカン宮殿のギャラリーに数週間展示された記録が残っている（現在は行方不明）。これを観た教皇始め枢機卿、その他イタリアの人たちが驚嘆の声をあげたことは想像にかたくない。地球の裏側に相当な文化水準を持つ、ジャッポーネという国が存在することを。

十六世紀後半の欧州イタリアではいわゆる文芸復興ルネッサンスが終息しようとしていた。文芸復興というがこれは芸術分野だけの運動だったのではなく、十世紀以上に渡るキリスト教カトリック教会が支配した中世という時代からの精神の開放運動だったのである。

ルネッサンスの代表的芸術家といえば、レオナルド・ダ・ヴィンチやミケランジェロ・ブオナローティ、ラファエロ・サンツィオである。これら芸術の巨匠から遅れること数十年後ではあったが、狩野永徳という彼らに少しも劣らない画家が日本に存在していたことを証明するものだった。

また、信長はヴァリアーノ神父を送るための宴を盂蘭盆会《うらぼんえ》の日に設け、京近辺で布教活動している イエズス会のバテレンたちと遣欧使節団に関連している大名などをすべて招待した。そして、宴が最高潮に達した時、安土城下の灯火をすべて消させ、天主閣や菩提寺に蝋燭の灯を燈し、お堀には舟を浮かべ馬廻衆に松明をもたせて灯を点滅させるという光の演出をして感動させたという。

ヴァリアーノは本国に報せる書簡にこの時の光景をこう書き記した。「信長公のこのもてなしはこの世のものとは思えぬ美しさで、それは華麗で幻想的な情景でした」と。

こうした演出にも信長のただ単にお祭りごとが好きな権力者という範疇では納まりきれない、溢れるばかりの芸術家としてのセンスが感じられる。

# 十三、簒　奪

信長の天下布武の戦いも佳境を迎えていた。

織田、徳川連合軍は東国における最大の脅威だった甲斐の武田勝頼率いる武田軍団を長篠、設楽《したら》ヶ原で激破し、十年に及んだ石山本願寺との戦いも宗門の降伏をもって終結した。

残るのは四国の長曾我部元親《ちょうそかべもとちか》と中国地方の毛利輝元だった。四国は丹羽長重、中国地方は羽柴秀吉に攻めさせていたが、信長は本当の目的、体制改革の陰謀を着々と進めていた。

朝廷は実力者信長がどのような冠位を欲しているのか分からず叙任をどの位にすればよいのか迷っていた。そこでとったのが朝廷として考えられる最高の冠位、太政大臣か武家の頭領である征夷大将軍の二つを提示し、信長自身に選んでもらうことにした。この時にはさすがに信長も返事を保留した。

翌年、真意の分からない信長を不気味に思った朝廷は、高位の女官を安土城に派遣して信長に征夷大将軍の任官を奨め、織田幕府の開設を進言した。そこまで気を遣う朝廷に対して、信長も仕方なく嫡男信忠に征夷大将軍就任を受けさせることにした。しかし、自身は何の冠位にも就くことはなかった。

朝廷はいよいよ信長という男はなんと無欲な武将なのだと考えたが何を考えているのか分からず、さらに不気味さを感じた。

そこで朝廷は再び関白近衛前久《このえさきひさ》と神祇官吉田兼和を派遣して官位の最高位「右大臣」を贈ることにした。さすがに信長もこれは断る名分が立たずついに叙任を受けた。

しかし、信長は最初から朝廷が授ける貴族的冠位に価値など認めていなかったのだ。まして征夷大将軍という冠位は歴史的にもその時に最も武力を持つ武家に授けるのだから力が衰えれば朝廷の意思次第でその地位を失うということでもある。それは信長が幕府将軍足利義昭を追放したことにより、朝廷が簡単にその地位を奪ったことでも証明していた。

では、信長は何を狙っていたのかということだ。一言でいえば、「自分が朝廷にとって代わること」。つまり日本の全ての主権者である王になることである。それには天皇の権威を有名無実化し、それに連なる朝廷という貴族組織体制を失くすことだったのである。

こうした考えは信長が初めてではない。室町三代将軍足利義満が日本国王となり、天皇の上位に就こうとしたことがある。その義満でさえ朝廷そのものを廃そうとすることはなかった。

信長がいつからこのような野望を抱くようになったのかは分からないが、岐阜城で天下布武を唱えるようになってからだろう。朝廷との連絡役に明智光秀を召抱えたことも、まだおぼろげではあったが既にそのような考えを持っていたのではないかと推測できる。

初め光秀も信長の野望に気づいてはいなかった。将軍を利用してその元で天下統一を成し遂げるつもりであろうくらいに理解していたと思える。しかし、付き従っているうちに自分が将軍か貴族になろうとしているのだと理解した。ところが信長は、朝廷より冠位を提示されても就こうとしない。もう光秀の思考では信長の真意が分からなくなっていたが、正親町天皇安土城行幸が計画された時に光秀はやっと気づいたのである。

人払いされた天主閣には信長と森蘭丸、そして光秀だけだった。

蘭丸が言った。

「日向守《ひゅうがのかみ》殿、近こうお寄りくだされ」

「はぁ」

座っていた光秀は膝をにじりよせて信長に近寄った。

琵琶湖を眺めていた信長がゆっくりと振り向いた。

「光秀。これから申すことをやってもらいたい」

「はっ」

「御門を安土に行幸《ぎょうこう》させよ」

突然の命令だったので光秀は信長の真意を測りかねたが、信長の唐突さには慣れていた。

「はぁ……かしこまりました。いつごろがよろしいかと」

光秀は如才なく応えた。

「十月じゃな」

「はっ、十月ですな。良い季節でございます」

「今、御所を造っておる」

「御所を？いずこにでございますか？」

信長は本丸殿を見下ろして指さした。

「あそこじゃ。来てみよ」

光秀は立ち上がって下界を覗いた。

「あの、上様……一言よろしいでしょうか」

「なんじゃ。申してみよ」

光秀は動揺していたが、あくまで慇懃《いんぎん》に言った。

「あの場所はこの天主より低うござる。御門を見下ろすことになります。それはいかがなものかと」

信長はかすかに笑いながら言った。

「何が悪い。御門にはこれからはずっとあそこに住んでもらうつもりじゃ」

光秀は驚きを隠せずに声を上げた。

「えっ、そ、それでは遷都ではありませぬか」

信長はさらに驚くべきことを言った。

「都を遷《うつ》すわけではない。譲位して上皇となっていただく。つまり誠仁親王《さねひとしんのう》が御門に就いてもらうということじゃ」

光秀は呻いた。

「それは……」

もはや信長は悪魔的表情だった。

「あの無為無食のなんの役に立たない公卿ども共々京から立ち退き安土に移ってもらう。そして、いずれ醜い寄生虫のような貴族というものを無くすのだ」

光秀はひざまずき両手を床に置いて叫んだ。

「上様、そ、それだけはなりませぬ。やってはなりませぬ」

「なぜじゃ」

「恐れ多くも御上でございますぞ」

「何が御上だ。その御上《おかみ》がこの国に何をした」

「御上は存することが大切なのです。それを冒涜《おか》してはなりませぬ」

信長はついに怒った。そして、光秀を足蹴にした。

「なにぃ。光秀。お主はわしに命令するか」

蹴られて光秀は転んだが、体勢を元に戻しながら頭を下げた。

「命令するなどけっして。しかし「朝廷潰し」それだけはおやめくだされ」

さらに怒りが増したのか信長は拳骨で光秀の頭を叩いた。

「ええい。お主にはどうしてもわしの考えが分からぬか」

光秀は呻きながら信長の足元に取り付かんばかりに頭を下げ続けた。

「それだけは、なにとぞ、それだけは……」

信長は額に筋を立てて怒鳴った。

「さがれ、さがれ、光秀」

「はっ……どうか上様」

「ええい、さがれと言うのが分からんか、今度の一件、お主には追って沙汰を下す」

蘭丸が光秀の肩を叩きさがるのを促した。

「さ、さ、明智さま、ここは速やかにおさがりくだされ」

光秀は夢遊病者のような足取りで去った。

天皇安土行幸計画の意図は帝位の簒奪《さんだつ》であった。もし簒奪だけであれば、現天皇が血統のある誰かに交代することであるから光秀は我慢することができた。ところが、信長の本当の目的は帝位を含む朝廷という組織制度の破壊であり、驚くべきことに自身が日本国の王どころか、あろうことか自ら神そのものになろうとしていることなのだと確信した。

光秀にとってこれはもはや看過することができない野望であった。

信長という男の正体は、光秀の思考をはるかに超えたまさしく「大阿呆」の体制破壊者だったのだ。

信長は天皇行幸には光秀の働きを必要としていた。しかし、光秀は渋った上に反対までした。こうなると計画の真意を知った光秀は信長にとって逆に邪魔者となり、場合によっては危険な存在になるということだった。

ついに信長はこの朝廷撲滅計画から光秀を外し、できるだけ京から遠ざけるために坂本城を取り上げ、中国攻めに振り向けることを決断した。秀吉の備中高松城攻めの後詰めとし、毛利攻めによって出雲、石見地方を光秀に治めさせようと思った。それはその地方にある石見銀山を何としても毛利から奪い取りたかったからである。

信長は外国交易で必要な銀が欲しかった。その銀山の採掘から銀抽出製、財産管理などの治世者として光秀ほどの適任者はいなかったのである。

光秀は信長の本当の真意は分からない。愛着のある坂本を取り上げられ、ライバルである秀吉の後詰めになるという命令は到底プライドが許さない。

光秀の脳裏に有岡城の光景が甦った。

毛利に寝返り、信長を裏切った荒木村重の顔と声である。

村重も秀吉の播磨《はりま》攻めの後詰めにされたことがきっかけで信長に反旗を翻した。あの時、光秀は信長に命令され村重説得に有岡城に出向き懸命に口説いた。

「今、帰順すれば上様はすべて許すとおおせじゃ。今なら間に合う。悪いことは言わぬ。謝りなされ。わしが口添えいたす」

「ふん、あの男は人を決して許したりなどせぬ。働かせに働かせ、用が無くなったらいとも簡単に切り捨てるに決まっておる。明智殿も必ずそうなるに違いない。気を付けられよ」

今、光秀は村重のその気持ちが痛いほど理解できる気がした。

# 十四、密　謀

天正十年四月、京都御所の北隣にある五摂家筆頭近衛邸の奥座敷に前関白の近衛前久、大納言今出川《いまでがわ》晴季《はれすえ》、中納言武家伝奏《ぶけてんそう》の勧修寺《かじゅうじ》晴豊《はれとよ》、神祇官吉田兼和そして明智光秀が顔を揃えていた。

無論、極秘裏の会合であった。

近衛前久が深いため息をつきながら苦々しい顔で言った。

「前右府殿には困ったものでおじゃる」

晴季が顔を顰《しか》めた。

「困ったでは済まされますまい。何とかせねばのう」

前久は細い眼を神祇官に送った。

「吉田、信長は何を企んでいるのや」

「さて、わちにもよう分からんのどす」

「このままでは惟任《これとう》はん（光秀）もいずれ中国攻めに狩り出されますな」

光秀は沈鬱な表情で答えた。

「おそらく、湖西三郡《こせいさんぐん》、坂本を取り上げられましょう」

晴季が苦笑いをしながら言った。

「取り上げとは前右府もずいぶんなことをしやはるのう。惟任はんが煙とうなってきたのやな」

前久がふたたび深いため息をつきながら言った。

「しかし、この専横はなんとかせにゃならんの。左大臣からも密かに催促されておる」

晴豊がうなずいて言った。

「勅命国師《ちょくめいこくし》快川和尚《かいせんおしょう》の焼き殺し、勝手な改元まではなんとか我慢できおったが、あの男、まさか畏れ多くも皇位と内裏つぶしまで考えているとはのう」

信長がやった比叡山と信濃善光寺焼き討ちと朝廷の重要な権限のひとつである年号を元亀から天正に暦改元に手を出したことを指していた。

「まったく許しがたい暴虐じゃ」

前久は歯軋りするように言い、光秀の眼を睨んだ。

「惟任殿、お覚悟のほどは？」

光秀は押し殺すような声で答えた。

「いよいよ、殺《しい》するしかありませぬな」

「殺する？ そうか、やってくれるか？」

前久は期待を込めて言った。

「毒か？」

光秀は沈うつに頭を振った。

「殿の内輪や御伽衆《おとぎしゅう》は強固ゆえ、毒はつかえませぬ」

晴季が口を挟む。

「では力攻ということになるが」

「……簡単ではござらぬ」

前久が聞いた。

「今、織田の部将たちはどこにいるのじゃ」

光秀は三人が頭に地図を描けるように説明した。

「羽柴は備中、柴田、前田、佐々は北国《ほっこく》、滝川は上野《こうずけ》、信忠は岐阜、信雄は伊勢、信孝、丹羽は讃岐《さぬき》攻めのために大坂です」

晴豊が光秀に聞いた。

「京の周辺には誰もおらぬわけや。家康は関東でしゃろ」

「はい。駿府ですが近いうちに入洛いたします」

前久が聞いた。

「ほう。軍勢を連れてでごじゃるか?」

「いや、このたびは招待遊山ゆえ、おそらく小人数でありましょう」

晴豊が貧乏ゆすりをしながら言った。

「では問題ではないが、前右府が安土にいる場合はどうにもならぬ。京に出てきた時が好機や。誘いだす方策はないものかの」

しばし考えて晴豊が言った。

「千宗易か津田宗及に頼んで朝廷主催の茶会を開くというのはどうや」

晴季が言った。

「それはよいお考えや」

「しかし朝廷主催というても今の信長は出てくるやろか」

前久が水を差したので皆黙った。

その時光秀が思いついたように言った。

「そういえば、近じか宗易殿と絵師の永徳殿を招いて宴席を設けるという話もあります」

前久がすかさず聞いた。

「どこでじゃ」

光秀が答えた。

「安土だとばかり思っておりましたが、ひょっとすると京かもしれませぬ」

晴豊が手を叩いて言った。

「それや、好機や。わしは狩野とは昵懇《じっこん》や。それとなく場所と時をさぐってみよう」

光秀が晴豊に言った。

「永徳殿は上様とまことに近い間柄です。悟られないようくれぐれも気をつけてくだされ」

「分かった。心得ておこう」

前久が言った。

「惟任はん、事が首尾よう成った時、味方してくれる大名はおるのか」

「丹波の細川藤孝、大和の筒井順慶《つついじゅんけい》は確実かと」

「いずれも京に近い大名じゃの。それはよい」

「京を固めているうちに徳川家康、上杉景勝と同盟いたします」

「おお、徳川と上杉とな」

「それと本願寺の顕如《けんにょ》にも加勢を頼みもうそう」

「顕如は喜んで加勢いたすな」

「内裏と仏門が後押しくだされば、おそらく他の大名は歯向かおうという者はおりませぬ」

「内裏としては逸早く明智征夷大将軍のお墨付きを出しますゆえな、心おきなくしてかかってくだされ」

「それが一番肝要でござるのでよろしくお願い申します」

「心得た」

前久は胸に手をやって言った。

「どや、おのおの方」

晴豊が首を傾げた。

「その前に、事を成すには信長に油断させねばならないの」

「そやな」

同席した皆は頷いた。

「では頼みますえ。晴季はん。晴豊はん。惟任はん」

三人は黙って礼をした。

前久はさらに声を潜めるように言った。

「これ以後は五人で会うのは危険や。連絡役を里村紹巴にするゆえ、これからは連歌の文でやりとりすることにいたそう」

皆、確認するように黙って顔を見合わせ頷いた。

光秀はそれでも悩んだ。


一月後、光秀は亀山で歌会を開き、連歌師の里村紹巴《さとむらしょうは》に史上あまりにも有名な発句を伝えた。

ときはいま　雨がしたしる　さつきかな
明智日向守惟任光秀

# 十五、工作

永徳が率いる狩野派は安土城障壁画を手がけたことによって絵師の世界で圧倒的な地位を固めていた。しかし、すべての絵の仕事を独占できるわけではなく、長谷川派、海北派、雲谷派などの他派もただ黙って見ていたわけではない。中でも長谷川派の等伯が狩野派の牙城を切り崩そうと闘志を燃やした。

等伯は能登の染色屋出身で若いころは郷里で仏画などを描いていたが志を抱き三十三歳で京に上り、始め狩野派に入門。しだいに狩野派の集団制作や粉本主義に疑問を持ち、独立の気風強くして自派を立ち上げていた。独立はしていたが等伯は永徳の画力を誰よりも認めていたので生涯の好敵手としていた。

狩野派とつながりが強い武士系は狙わず等伯は有力公卿に渡りをつけ、朝廷やそれに関連する寺社の仕事を獲得する機会を狙った。公卿の中には狩野派を気に入らない者もいたので、いくつかの工作は成功した。結果、大徳寺真珠庵の襖絵「禅機図《ぜんきず》」や相国寺《しょうこくじ》の「猿猴竹林図《えんこうちくりんず》」屏風絵などを手がけることができた。そして、それらは等伯の並々ならない技量を後世に伝える名作となった。

無論、永徳はこうした長谷川派の活動を知っていたが、画工界で自派だけが栄えているのもけっして良いことではないと思っていたので黙認していた。そこへ、朝廷そのものの内裏造営事業に伴う障壁画制作の計画がある報せがあった。さすがの永徳もこの仕事だけは他派に渡すことはできないと思った。これは天下一画工家を任じる狩野派のプライドであり、また、この仕事を契機として他派が朝廷に深く入り込まれると後々に禍根を残すことになると判断した。

そこで、しばらく疎遠になっていた朝廷工作に腰を上げ、近づいたのが中納言勧修寺晴豊だったのである。観修寺家には先代松栄の頃から昵懇を重ね、毎年かかさずに金銭的に援助し続けていたからである。

そんなある日、丁度良く永徳に晴豊から呼び出しがあった。

永徳は当時評判の灘からとりよせた酒樽を持って勧修寺家の屋敷に嫡子の光信と弟の長信を伴って出かけた。

善阿弥風の瀟洒《しょうしゃ》な庭で待っていた晴豊に永徳は挨拶した。

「中納言さま。今日は伏見の生一本をお持ちいたしました」

「おお、気がきくのう。その酒は旨いと聞いておるぞ。なにやら澄んだ酒とな」

長信が説明した。

「はい、無色で澄んでおります」

「やはり、そうなのか」

「出入りの造り酒屋に聞いたところ、濁り酒に偶然、灰をかけたところ、不思議なことに澄んだ酒になったそうでございます」

「ほう、それおもしろい。早く飲みたい。お前たちも相伴しや」

永徳は礼を述べながら訊いた。

「ところで中納言さま。本日のお呼び出しは何ぞお話でも」

晴豊は庭の池を眺めながら言った。

「いや他でもない。ちかごろは茶会など開いておるのかと思っての」

茶会と聞いて永徳はこんなことで呼んだのかと思ったが、如才なく答えた。

「いえ、私もこのところ忙しく立ち働いておりますので、とんと、無沙汰でございます」

「そうであろうのう。狩野派は注文が引きもきらぬと聞いておる」

永徳は晴豊が茶会を開いて欲しいのだと思った。

「おそれいります。……中納言さまは茶会をご所望でございますか？」

晴豊はわざとやや寂しそうに言った。

「うん。ちかごろは無聊《ぶりょう》をかこっているのでの」

永徳は貴族などは位は高いが、意外に寂しい暮らしを送っているのだと思った。

「分かりました。機会を設けさせていただきます」

晴豊は永徳に向き直り言った。

「いや、何かの折りに招いてくれればよいのじゃ。そんな茶会でもないのか？」

永徳は晴豊の自然な聞き方につられて、つい答えてしまった。

「あっ、ひとつございますが、これは私が呼ばれている茶会というか会席でございまして私の一存では決められませぬ」

晴豊の眼の奥が光った。

「ほう、亭主はどなたじゃ？」

永徳はやや口ごもるように言った。

「はあ、茶会は千宗易さまでございます」

晴豊は信長の会席はこれだと思った。信長は京滞在の宿舎として二条屋敷を使うことが多かったが、近ごろは本能寺か妙覚寺が多かった。場所はこのどちらかの寺に間違いないと確信した。

晴豊は心の内を臆病《おくび》にも出さず、口ぶりはうらやましそうに言った。

「おお。宗易とな。それは一度呼ばれてみたいものじゃの……ところで、それはいつじゃ？」

晴豊が日にちをなぜ聞きたいのかいささか不信な感じはしたが、永徳は答えてしまった。

「はあ。たしか月の末ごろでございます」

晴豊は念のため言葉でかまをかけてみた。

「いや、宗易の茶会ならと思ったまでや。他に誰が呼ばれておるのや？」

永徳は口ごもった。

「ええ。それは……」

永徳があえて名を出さぬのはよほどの重要人物がいることを物語っていた。

ほぼ目的を達した晴豊は何気なく言った。

「申さなくてもよい。気にするな。茶会などいつでも機会があるやろ」

「申しわけございません」

「よい。よい。それより早く澄んだ酒が飲みたい」

晴豊はさっさと母屋に歩いていった。

座敷に場所を変え、酒席となった。

永徳はやっと訪問目的の本題に入り質問した。

「中納言さま。よろしいですか？」

「なんや」

「聞くところによりますと内裏の改築造営があるそうでありますな」

晴豊は扇子をゆったり扇ぎながら答えた。

「さすが耳が早いのう。まあ内裏もだいぶ古くなったでのう」

「長谷川等伯という名をご存じでございましょうか」

「はせがわ……とうはく」

「はい、その等伯が改築造営の襖絵を狙っているのでございます」

「ほう、内裏の仕事で狩野や土佐を向こうに回して挑むものなどいるのやな。それは感心、感心」

「御冗談を……」

「ほほほ、襖絵は狩野以外にはないじゃろ」

永徳は深く腰を折った。

「その節はよろしくお願いいたします。等伯も他の公卿さまを頼っておるやに聞いております
ゆえ油断はできません」

「他の公卿とは誰や？」

「はい、たしか白川卿かと」

「ああ、白川では何もできへんやろ。心配あらへん」

「そうでございますか、安堵いたしました。よろしくお願いいたします」

狩野派という一団を率いてるとはいえ、一介《いっかい》の純粋な絵師でもある永徳と魑魅魍魎《ちみもうりょう》の朝廷の中で生きてきている晴豊では物事の駆け引きのうまさが違った。

永徳が漏らしてしまったこの情報は一月後に起きる歴史的大事件の大きな伏線になってしまうことになった。しかし、晴豊に茶会の日を悟られようが悟られまいが、晴豊は武家伝送であったため本能寺の変の前日に信長の宿する本能寺で、御門の代理として入洛の祝いを申すために面会したのである。この祝いの言葉を信長は機嫌良く受けていたという。

# 十六、本能寺

地獄の底から大百足が這い上ってくるような気味な足音が聴こえたのは夜半を過ぎた頃だった。床に入っていた信長は昨夜過ごした酒のせいで頭の芯が痛かった。不気味な音はさらに近づいてきていた。信長は息を深く吸いながら半身を起こし、耳を凝らした。

長年の戦の経験からくる勘で、すでに我が身が相当の危機に陥っていることを悟った。

素早く立ち上がった信長は叫んだ。

「おら～ん」

すぐに森蘭丸が駆けつけた。

「上様、お仕度を」

「馬鹿者、支度など遅いわ。何者じゃ」

「はっ、まだ分かりませぬ」

無気味な音は相当な軍勢の足音だった。

突然、足音が止まった。一瞬、静寂がきた。

馬の嘶《いなな》きが聞こえた。

力丸が速足で来て跪《ひざまず》いた。

「明智さまの軍でございます」

蘭丸が信じられないという顔で聞き返した。

「明智さまだと、まことか力丸」

「間違いなく桔梗の旗印が見えました」

「上様、毛利攻め出発の馬揃えでしょうか」

「こんな時間にか。ありえぬ」

信長はあらゆる事態を考えていた。

「ウォー」

その時、寺の外から地響きするような雄叫びが聞こえた。明智軍の鬨《とき》の声であった。

信長は意を決したように言い放った。

「是非に及ばず」

この有名な言葉は「しかたがない」という意味であろうが、信長はあの光秀が「謀叛をおこしたなら仕方がない」という意味と、謀叛の理由の良し悪しを論じている暇はないという意味もあった。

一方、ついに自分の心が解らなかったのか、と無念の思いだったに違いない。しかし、今更それを言っても仕方がないという意味も込められていた。

さらに信長は命じた。

「力丸、お鍋はじめ女たちをうまく逃がすように」

「はっ」

力丸は急ぎ足で奥へ消えた。

蘭丸が落ち着いた声で言った。

「上様、ここはひとまず退《ひ》いてください。抜け道に案内《あない》いたします」

この少年たちはどうしてこんなに冷静なのだ、と信長は何故かおかしみを覚えた。武将の本能として一旦は戦う決意をした信長だったが、百人足らずの兵で大軍勢に勝てる見込みはないと判断し、蘭丸の一言で逃げることを選んだ。抜け道は、京の宿舎として使うようになってから、緊急避難ができるように、当時京都奉行だった村井貞勝に命じて秘密裏に造らせていたものである。

「案内せい」

「奥への方へ。坊丸。手燭を持て」

言い伝えでは、信長は白い寝間着で弓と槍で戦ってから奥に下がり炎の中で切腹して果てたとなっているが、合理的な思考をする信長は、越前朝倉攻めの折、浅井長政の裏切りを知って撤退を決意。ほとんど単騎で京へ逃げ帰った。その時と同じように、戦っても無駄と判断した時はあっさりと逃げることを厭わなかった。

すでに明智勢に門を破られ、戦闘が始まっていた。

鉄砲の音、兵たちの戦いの声と剣戟《けんげき》の音を後にして、信長と蘭丸、坊丸は、もしもの時に用意してある抜け道に急いだ。永徳が描いた障壁画「松虎図《しょうこず》」のある奥の屋に着くと、蘭丸は襖を開けた。すると普通の板壁が現れ、その板を押すと音もなく開いた。手燭を持っている坊丸を先にして、ぽっかりと広がる暗い穴に信長はかがんで入った。

この抜け道は妙覚寺境内まで繋がっていた。梯子階段を降り、濃厚な土の臭いのする地下道に入ると、足首まで浸かるほどの水が溜まっていた。構わず進んで行くと、さらに水嵩が増し腰まで達した。梅雨の時期で雨水が抜け道に浸透したのだ。歩みは鈍くならざるをえない。

土壁の地盤も脆くなっているようだった。泥土が上方からぽたぽたと落ちてきた。

さすがに蘭丸が不安そうに言った。

「上様、いかがいたしますか」

「構わぬ、進め」

その時、信長は今までに経験したことがない地響きするような轟音を聴いた。

「ゴー、ドドー。ドー……」

落盤だった。それは、これまで死んでいった多くの者たちの怨みを込めた阿鼻叫喚《あびきょうかん》のようであった。

暗闇の中で信長の眼に、手燭の灯が強烈に飛び込んできた。

「おお、わしは夢を見ていた……」

これが稀代の英雄、織田信長の最後の言葉だった。


一口で言えば本能寺の変は信長の油断だったと言わざるをえない。

信長の頭の中には京を中心にした支配領域の地図が描かれていたであろう。領域内にはもはや真っ向から歯向かう敵はいなくなっており、陸奥、九州の大名のほとんどは好誼を通してきていた。

残る抵抗する大名には配下の部将たちが各地で戦線を拡げ、信長としては戦いの成果の報告を待っていればよい状況であった。京周辺にいる部将は丹後攻略にてこずったために比叡山麓の坂本城にいる明智光秀だけだった。

昔から軍略では大胆な行動をとるが意外に慎重かつ細心な注意を払う信長だったが、吉法師の時から個人は身軽にすばやく行動することが好きだった。これは大身になってからもとってしまう気質の癖ともいえるものだったと言っていい。本能寺そのものは堀も備える大きな寺院ではあったが、信長が小姓や腰元を入れて二百人足らずの小人数で宿泊してしまった行動もここに起因している。

無論、信長が周囲を敵に囲まれていればこのような危険に陥るようなことは決してやらないのだが、かなり安心できる政治地図状況により、この癖が出てくることを許した。

信長は光秀に対してはあくまで坂本城を預けている一万四千の軍を率いる部将として認識していた。だから坂本領内の治政もある一定の時期預けてあるだけに過ぎないのである。ところが光秀は自分の領国ととらえ領民が暮らしやすい治政をすることが結果的に領国を富ませ、信長の為にもなると考えていた。

事実、坂本の領民は光秀を良き領主に恵まれたと言って評判した。

これを信長は「光秀は勘違いしている」と思った。信長にとっては評判の良い領主など必要ではなく、租税を多く召し上げる一時的な領主であればよいのである。この不満が丹波攻めの甘さを叱責することにつながり、天下統一のために他の部将が各地で懸命に働いているのに光秀だけ京に近い坂本にいることが許せなかったのである。

だから坂本を召し上げ、今一番攻略を急がなければならない毛利攻めの最前線、備中高松にいる秀吉の後詰め及び出雲攻めをするように命令を下したのだ。

ただ、出雲攻めには大きな意図があった。石見銀山の存在である。十四世紀に発見されたこの銀山は博多商人が発明した灰吹法《はいふきほう》が導入されると産出量が飛躍的に伸び、当時、日本から輸出した銀のほとんどは石見産だったと言われている。この時代、世界の貿易の対価は銀だった。信長が毛利攻めを急いだ理由は毛利が持っていたこの銀山の支配権が欲しかったのである。そこで光秀に出雲を攻略させ、重要な銀山の管理を任せようとしたのである。

もうひとつは信長が朝廷との連絡役を担っていた光秀を毛利攻めに向かわせたということは信長の意図が分かった光秀を朝廷の連絡役にしておくのは危険だという判断と、朝廷工作そのものがあまり必要でなくなったと判断したという側面もある。つまり皇位と朝廷廃絶をしても既に抵抗する力がひ弱な貴族たちには無いと判断した。いわば舐めたのだ。

人間は得意な時ほど油断が生じる。さすがの信長もまさか朝廷と光秀が組んで自分に反撃してくるという想像力は働かなかった。

朝廷を重んじる光秀は朝廷という組織を破壊して、自分が神になろうとしている信長を許せなかった。その信長に領国を取り上げられ、出世のライバル秀吉の後詰めという役目を命じられ武将としての誇りを傷つけられたことで、精神的に追い詰められついに限界を超えたのである。

この光秀の感情に理解はできるが、朝廷を背景にした光秀が起こしてしまった暗殺行為は結果的に時代を逆行させることにしかならず、信長という軍事、政治、行政、芸術に渡りいずれを取っても天才としかいえない稀代の指導者を奪ってしまった。これが光秀の大きな罪であり、日本という国の不幸であった。

しかし、歴史は信長がこじ開けた新しい時代を逆行することを許さず受け継ぐ人を選んだ。引き継いだ形になった秀吉は桃山時代といわれる豪華な印象がある一時代を作ったが、そのほとんどは信長が創ったものの亜流に過ぎない。秀吉が幸運だったのは、この時代、佐渡金山をはじめ各地方の金銀銅山が発見され、さながら空前のゴールドラッシュだったことである。

この財力を背景として、「大坂城」や「聚楽第」などに代表される城郭造りで一見煌《きら》びやかな繁栄を築き、「総無事令《そうぶじれい》」や「太閤検地」などを実施して、戦乱をなくし社会整備も進めた。しかし、人々の暮らしを豊かにする施策は一部大坂の町づくりのために使った以外はほとんど無かったといっていい。むしろ、信長の言った「唐《から》天竺まで行く」という言葉を曲解し、二度の朝鮮侵攻という愚策に走り自らと豊臣政権の寿命を縮めてしまった。

徳川家だけを守るのが第一と言ってよい堅牢な仕組みを造った家康は室町時代にも増して封建的な社会にして、三世紀に渡る平穏な時代を継続させることに成功した。しかし、江戸時代初中期に現出した上方を中心とした元禄文化が生まれたが、「俵屋宗達」や「尾形光琳」に代表される「琳派」などの文化でさえ信長と永徳が創りだした安土時代の文化が影響を与えていたのである。

歴史にもしはないが、もし、信長があと二十年長生きしたら安土時代という爆発的な繁栄の時代を現出させ、日本人の精神文化そのものを変革し、元禄文化どころか数百年後の時代まで大きな精神的影響を与えただろうと思えてならない。

狩野永徳は信長が突然世を去ってからも、天下人となった秀吉の御用絵師として輝き続け、伏見城、聚楽第、大坂城の障壁画を手がけた。

朝廷工作をした内裏の改修襖絵もほぼ決まりかけていた長谷川等伯との競争に勝ち他派の進

出を阻んだ。

ところが、この件によって尊敬していた千宗易との間に亀裂を生んだ。等伯の才能を認めていた宗易は貴族人脈を使って内裏の襖絵を描かせたのである。宗易は文化振興の見地から、地方出身の才能のある絵師に機会を与えない狩野派の独占的な行動に警鐘をならした。狩野派は受注工作などせずに、画工界の第一人者としてどっしりと構えていて欲しいと思ったのである。

一方、永徳としては狩野派惣領として仕事の最も大切な領域を守ろうとした当然の行為だったのだ。宗易の真意は解っていたので、いずれ会って話しあえばすぐにわだかまりは溶けるだろと思っていた。ところが、その宗易が秀吉とのさまざまな確執によって怒りを買い、あろうことか切腹させられてしまったのだ。尊敬していた宗易との関係を修復する機会を失った永徳はその死を悼《いた》みながら、心にぽっかり穴が空いたような虚無感に襲われていた。

# 十七、皆　伝

桂別業《かつらべつぎょう》（桂離宮）の障壁画を納め終えた永徳は京の仕事場に戻るため、弟の元秀と門弟たちと共に桂川を下る舟に乗っていた。

永徳は川風に吹かれながら元秀に呟くように言った。

「さすがに、ちと疲れたのう」

若い時は決して言わなかった言葉だった。

性格が優しい元秀が労《ねぎら》った。

「ほんまにお疲れでした。帰ったらゆっくりとお休みくだされ」

「そうやな、せやけど、そうゆっくりもしとられん。次の絵が控えてるのでな」

「東福寺《とうふくじ》ですな」

「そうや」

東福寺は京今熊野にある臨済宗の総本山である。その法堂天井画の「龍図」制作依頼が来ていたのである。

「下図はあらかた我らでやっときます」

「それは助かる」

永徳はゆっくりと流れる舟の上で眠気に誘われた。

しばし、間を置いて元秀は唐突に言った。

「兄上、お願いがあります」

居眠りをしていた永徳が気がついた。

「ううん、何か言ったか」

「兄上、もう少し右京進《うきょうのしん》（光信）を認めてあげてくだされ」

「……たまには褒めているぞ」

「そうではなくて、認めてあげてくだされ。もう少し評価してくだされ」

永徳はやや屈託のある言い方をした。

「ううん、そやなぁ……まだ認めるわけにはいかん」

「よーくやっとります、右京は」

「分かっておる。弟子なら合格や。しかし、跡取りとしては、まだあかん」

「どこがあかんのです」

「まだ絵に力がない。弱弱しい」

「弱弱しい……そやけど、それこそが右京の持ち味かもしれまへんで」

「持ち味なあ……」

「右京ももう二十五歳です。そろそろ皆伝を授けてもいいんと違いますか」

「ううん……」

永徳は呟くように言った。

「水の流れとはなんと美しいのやろ……これが描ければのう……」

元秀もつい、つられて川面を覗き込んだ。

永徳は皆伝の話のことを疎《おろそ》かにしたわけではなく、美しいものを見たり感じたりすると、それに夢中になってしまうのだ。

狩野派には多くの門弟がいたが、伝統的に簡単に皆伝を授けることはなかった。永徳自身は二十歳そこそこで皆伝となったが、これは永徳が稀有な天才だったからである。永徳も光信に皆伝を授けたかったであろうが、基準となる祖父元信以来の狩野派の高い筆法水準があったために躊躇したのである。

永徳の早すぎる死によって、光信は皆伝を授かることはなかったが、叔父の元秀が言ったようにその弱弱しいという特徴を生かした作品を数多く生みだした。信長の安土時代を体現した永徳の豪壮絢爛な芸術に対して、短期間ではあったが秀吉が天下統一を果たした桃山時代を体現した光信の繊細優美という対照的な芸術を遺した。

それにしても、永徳晩年の作品「檜図屏風《ひのきずびょうぶ》」などに観られる絵には永徳らしからぬ異様な作品が多い。現状に満足しない新しい挑戦だったともいえるが、あれほど心魂を傾けて制作した安土城の障壁画が、わずか数年で全て灰燼に帰したことと関係しているのではないか。

芸術作品の脆さと儚さを感じて、どうしても拭えない喪失感と無力感。また、狩野派が生み出した絵画の基礎を作る粉本が自由で新しい表現を拒んでしまうという宿命的課題とそこからの脱却。など多くの悩みが永徳の精神と身体を蝕んだのであろう。そして、信長や宗易という理解者を失った悲しみと絶望感。それはまるで複雑に絡み合う「檜図」の枝のような苦悩でもあった。

いずれにしろ、永徳はこうした心労と激務が続いて働き盛りの四十七歳で突然の病に倒れた。一時的に回復し制作現場に戻ったが、再び倒れて皆に惜しまれながら不世出の天才は永遠の眠りについた。

著しい衰弱だったと伝えられるが、現在でいう過労死だったのであろう。

永徳の死とは言い方を変えれば、時代を作った偉大な芸術家の壮絶な殉職だったともいえる。永徳は中世から近世の幕開けにふさわしい時代が求めた輝かしい芸術と狩野派の全盛時代を築いた。その後、狩野派は光信が継ぎ、光信も父永徳と同じく若死にし、次男の孝信が継ぎ、孫の永徳の再来と言われた守信（探幽）がさらに発展させ、権力者が代わろうとも御用絵師の地位を受け継ぎながら江戸時代幕末まで続いた。

織田信長と狩野永徳という二人の天才が交えた期間はわずか十五年足らずであった。短い期間ではあるが、利休が言ったように芸術の魂は滅びることなく二人の生み出した文化の足跡は日本の文化の歴史に今も燦然と輝いている。

城郭が焼け落ち、誰の姿もない安土城址。

琵琶湖の煌めく湖面を臨む丘の上に二人の男が佇む。

「永徳、お互い人生五十年足らずだったのう」

「はい。そうでございました。短いものですな」

「しかし、面白かったのう」

「はい、おかげさまで沢山描かさせていただき楽しうございました」

おわり

# 後記

信長と永徳が生きた十六世紀から四百年以上が過ぎ、二十一世紀となった。日本社会は経済的豊かさをある程度獲得したにもかかわらず、閉塞感と不安感に覆われているような気がする。この社会感情は室町時代末期に似ている。この時代は戦国時代とも呼ばれ、人々は今よりもはるかに貧しく疲弊していた。しかし、頼りにならぬ中央の権力をよそに地方の実力のある武士や庶民が下剋上を繰り返しながら力を蓄えていた。そうした中で登場したのが織田信長だった。信長はただ単に己の野望を成し遂げるために天下統一を目指したわけではない。これまでの既成概念を打ち破り、いわば、社会の風通しを良くしたのである。信長が天才たる所以は天下統一によって強い権力の元での政治の安定と経済の活性化を図るとともに、文化の振興を図ったことである。つまり、信長は政治の安定と経済的豊かさだけでは人間は満たされないのを知っていたのである。本当の豊かさとは人の心を豊かにする文化の力を再認識し、活用しなければ生まれないということだと確信する。だから今こそ、信長のような文化を解った時代を変革できる強いリーダーとそれを体現できる狩野永徳のような芸術の天才の登場を待望するのである。

出版にあたり、歴史春秋社の植村圭子様およびスタッフのみな様のご協力に感謝いたします。

髙橋　我林

## 参考文献

山岡荘八歴史文庫「織田信長」　山岡荘八　講談社
「『信長記』と信長・秀吉の時代」　金子拓　勉誠出版
「戦国大名論17織田信長の研究」　信長の出現と中世的権威の否定　今井林太郎　吉川弘文館
講談社選書メチエ30「御用絵師狩野家の血と力」　松本寛　講談社
新潮日本美術文庫３「狩野永徳」　講談社
「水墨画美術大系第８巻　元信・永徳」　講談社
「〈国宝〉上杉家本 洛中洛外図大観」　小学館
「戦国時代狩野派の研究」　辻惟雄　吉川弘文館
講談社学術文庫「千利休」　村井康彦　講談社庫
「利休の闇」　加藤廣　文藝春秋
岩波文庫「明智光秀」　小泉三申　岩波書店
知的生きかた文庫「明智光秀の生涯」　外川淳　三笠書房
ミネルヴァ日本評伝選「長谷川等伯」　宮島新一　ミネルヴァ書房

著者略歴

高橋　我林（たかはし　がりん）

1948年福島県生まれ。東京都港区立青山中学校・福島県立福島高等学校卒。武蔵野美術大学造形学部・多摩美術大学グラフィックデザイン学科中退。

広告会社福島博報堂勤務、ライト・エージェンシー、広告制作会社バウハウス経営。桜の聖母女子短大生涯学習センター講師。

福島県文学賞「桃梨、山河を越えて」・文化と芸術舞台シナリオ賞「古城の日蝕」で受賞。



歴史小説　信長と永徳

2024年７月17日　初版発行

著　者　高 橋　我 林

発行者　阿 部　隆 一

発行所　歴史春秋出版株式会社
〒965-0842　福島県会津若松市門田町中野大道東8-1
電話　0242-26-6567

印　刷　北日本印刷株式会社

製　本　有限会社羽賀製本所